FEU MIETTE,

FANTAISIES D'ÉTÉ.

OUVRAGES DU MÊME AUTEUR.

Philosophie de la Pantomime, brochure grand in-18 (épuisée);

Pierrot, valet de la mort, pantomime en six tableaux, représentée le 25 septembre 1846, aux Funambules;

Pierrot pendu, pantomime en douze tableaux, représentée le 11 janvier 1847, aux Funambules;

Pierrot marquis, pantomime en dix tableaux, représentée le 8 octobre 1847, aux Funambules;

Chien-Caillou, fantaisies d'hiver, 1 vol. in-18, format anglais.

Pauvre Trompette, fantaisies de printemps, 1 vol. in-18, format anglais.

POUR PARAITRE INCESSAMMENT :

Les Grands Hommes du ruisseau, 1 vol. grand in-8°, avec portraits et autographes.

Les Excentriques d'aujourd'hui.

Les Dieux et les Apôtres du 19e siècle.

EN PRÉPARATION :

Histoire des Arts egyptiens

LAON — IMP. DE ÉD. FLEURY ET C. [illegible]

FEU MIETTE

FANTAISIES D'ÉTÉ

PAR

CHAMPFLEURY

PARIS

MARTINON, RUE DU COQ-SAINT-HONORÉ.

SARTORIUS, 17, QUAI MALAQUAIS.

1847

A M. HONORÉ DE BALZAC.

MONSIEUR,

Vous êtes pour moi la preuve la plus saillante de l'impuissance de la critique; calomnies, accusations mensongères, vie privée, vie publique, on a tout essayé contre vous. De tout cela il est resté — la COMÉDIE HUMAINE.

J'ai souvent entendu dire que vous n'étiez pas populaire; je le croyais et je me l'expliquais par votre opinion sur Stendhal: « Il y a tout au plus
» en Europe douze cents personnes capables de
» comprendre la Chartreuse de Parme »; mais

un fait que j'ai vu dans la province m'a démontré mon erreur.

Il est dans le Laonnois une bibliothèque publique bourrée jusqu'au cou de livres de bénédictins, respectables in-folios recouverts d'autant de poussière que les singes empaillés qui se voient au même endroit. Cette bibliothèque a acheté la *Comédie humaine;* et vous êtes, Monsieur, le seul vivant entre tous ces morts. Au fond les bénédictins sont vos frères, et il eût été impossible de mieux choisir parmi les littérateurs actuels. Votre œuvre, Monsieur, a donné la vie à cette bibliothèque; les lecteurs arrivent; les bibliothécaires s'étonnent d'entendre demander des volumes; on a enlevé les toiles d'araignée qui se promenaient sur les singes.

Votre nom, Monsieur, est par là dans toutes

les bouches ; j'ai entendu discuter des affaires de famille, non pas avec le code à l'appui, mais avec votre œuvre. Ce petit pays est maintenant aussi fier de vous connaître, que la Touraine de vous avoir donné naissance.

Il y a bien sous ce fait une question de librairie que vous ne manquerez pas d'apercevoir ; mais je doute que le Laonnois achète jamais des livres, et le dommage n'est pas important.

Il est si rare aujourd'hui, Monsieur, de voir la critique s'occuper de vos œuvres, que vous me permettrez de dire ici combien vous inspirez de dévotion à quelques jeunes gens qui essaient à grand peine de trouer les vingt couches de médiocrités en possession des journaux et des revues. J'ai beaucoup lu ce qui s'est imprimé sur vos œuvres ; je n'y ai rien compris. Il m'a fallu étudier vos préfaces et vos quelques articles de critique malheureusement épars et qui devraient être réunis en volumes pour l'éducation des gens qui songent encore à étudier. Aussi écrivais-je ceci, il y a un an, dans une revue, à propos de la fameuse lettre adressée à un de vos malencontreux *admirateurs* :

« Il n'y a que deux façons de critiquer M. de
» Balzac. La plus simple est de *comprendre* ses
» œuvres et d'écrire un article où se résume-
» rait l'idée qui a servi de base à la *Comédie*
» *humaine*. Le second moyen, presqu'impossible
» à la littérature actuelle, consisterait à s'en-
» fermer un an, à étudier scrupuleusement, dans
» les moindres détails, — comme l'exigerait l'é-
» tude d'une langue ardue, — non seulement la
» *Comédie humaine*, mais toutes les éditions des

» romans de M. de Balzac. Ce travail ne sera » pas fait de sitôt. Peut-être dans vingt ans, » dans cinquante ans, quand dix lettrés patients » auront amassé les principaux matériaux, un » homme d'une grande intelligence profitera-t-il » de ces travaux et les reliera-t-il en un vaste » et grand commentaire. Nous disons commen- » taire et non pas critique ; car une des raisons » qui rendent la critique impossible, c'est qu'il » faut une intelligence égale à celle de l'artiste » pour l'expliquer à la foule. Or, ces intelligences » ne se font jamais critiques, sinon par hasard. »

Ce qu'on a écrit de meilleur sur vous, Monsieur, vient de Cuvier; il parlait d'Homère : « Dans l'antiquité, la poésie était l'interprète de » la science ; ainsi Homère était le plus savant » naturaliste de son temps. Toutes les fois qu'il

» décrit une blessure, il décrit avec la plus grande
» justesse les parties du corps par où le javelot
» a passé ; jamais il ne fait périr un guerrier
» d'une blessure qui ne soit pas mortelle. Quand
» il parle d'un animal, d'une plante, d'une
» substance minérale, il les décrit toujours d'une
» manière vraie et précise. » Ne retrouve-t-on pas dans ces quelques lignes toute votre science ; à la place de l'histoire naturelle, mettez la société du 19e siècle, cette société si étrange, si fantastique et si réelle, si triste et si comique qu'il fallait l'alliage de Shakespeare, de Rabelais, de Molière et de Dante pour l'expliquer. Aussi, Monsieur, vous avez monté de dix coudées le ROMAN ; et ceux-là qui parlent encore de *Gil Blas*, ce long récit fatigant, ne savent pas lire la *Comédie humaine*.

LE FUENZÈS

LE FUENZÈS

—

I.

L'HÔTEL DE LA RUE DES JEUNEURS.

Une partie des commissaires-priseurs qui, jadis, formaient une corporation très-unie, abandonna, il y a quelques années, l'hôtel de la place de la Bourse, spécialement affecté aux ventes publiques, soit par suite de saisie, soit par suite de décès.

Les commissaires-priseurs opposants fondèrent, à deux pas de cet hôtel, une maison de concurrence active, qui prit le nom de la rue, et que les marchands et le public connurent bientôt sous le titre d'*Hôtel de la rue des Jeûneurs*.

On arrive aux salles de ventes par un long vestibule couvert qui donne sur une cour. A gauche de cette cour est un hangar sous lequel sont entassés les objets vendus, que les garçons de l'hôtel lient et emballent pour les porter à leurs nouveaux propriétaires.

Les salles de vente sont exhaussées du sol par trois marches menant à une porte de bois à deux battants, lorsque les ventes sont suspendues : deux fausses portes, en damas rouge, indiquent aux visiteurs que les ventes sont reprises.

A droite, en entrant, sont trois grandes salles latérales où se vendent des meubles, des tapis et des objets d'art ; la quatrième salle du fond, plus grande, mieux éclairée, sert en général aux expositions de tableaux.

A la porte de cette salle, des groupes de curieux lisaient une affiche ainsi conçue :

« Vente après le décès de M. Bigot, ancien avoué, les 23 et 24 novembre 1840, à deux heures de l'après-midi, et jours suivants :

» D'une magnifique collection de tableaux anciens et modernes, principalement de l'école espagnole.

» Miniatures, objets de curiosité, tels que meubles, coffres en marqueterie, écaille et bois de rose, bronze, porcelaines de Sèvres, de Chine, du Japon, de Saxe, ivoires et bois sculptés, boites à bas-reliefs, en argent repoussé et ciselé, objets d'ivoire et pierre dure, bustes en marbre, armes, vitraux suisses anciens et verres de Suisse, émaux de Limoges, terres de Bernard de Palissy et Fuenza, etc.

» Superbes tableaux de Murillo, Velasquez, Claude Coello, Alonzo Cano, Zurbaran, Ariemons, Pierre Francione, don François de Solis, Arellano, Alvarez de Nava, Antolinez, François de Sarabia, Hortes Sagtiere, Fernandez de Guadeloupe, Laurent Alvarez, Amaya, Villacis, Sébastien

Nunoz, don Munoz de Guevara, Sevilla Romero d'Escalante, Jean d'Arevalo, Joseph Leonardo, Arias Fernandez, Caevas, Manuel Acevedeo, Michel d'Aguila, Martinez, Arjona, Santo Domingo, Ferdinand Gallegos, Jean de Valdes Léal, Barthelemi Perez, Greco, Gonzalès de la Vega, etc.

» Les adjudicataires paieront 5 centimes par franc.

» Me Gallet, commissaire-priseur, rue du Faubourg-Montmartre, 23, assisté de M. Chinon, expert, rue des Saint-Pères, 15. »

Il était une heure de l'après-midi, et la foule se pressait dans les corridors, quoique la vente ne fût annoncee que pour deux heures; mais cette exposition offrait aux amateurs et aux artistes un plus grand intérêt que les ventes accoutumées.

Les tableaux espagnols sont rares à Paris; si l'on excepte le musée espagnol du Louvre, la galerie du maréchal Soult, que peu de personnes ont visitée, et la galerie Aguado, aujourd'hui dispersée en Angleterre, en Russie, en France, il est difficile de trouver une toile espagnole dans les collections particulières.

Nous avons longtemps vécu en France sans nous douter qu'il existât une école de peinture en Espagne; et sans l'heureuse mission du baron Taylor, nous en serions encore à nous contenter du *Pouilleux* de Murillo qui se trouve dans la galerie italienne, et qui ne peut que donner une fausse et déplorable idée de la riche école qui a produit Vélasquez, Zurbaran, Ribeira, Cano, le Greco, Goya, et tant d'autres grands peintres.

Les artistes formaient la majorité de cette foule. L'école espagnole n'a pas encore pris racine chez les amateurs qui s'enthousiasment volontiers et dépensent des sommes fabuleuses pour un Watteau, pour un Teniers, mais qui *ont peur* d'un Zurbaran.

Les amateurs sont guidés dans cette répulsion par trois motifs. Ils n'aiment pas les grands tableaux, et l'école espagnole a peu produit de tableaux de genre. D'un autre côté, les *motifs* de ces peintures sont trop cruels ou trop sanglants pour les admirateurs des bergerades de Boucher et des *blaireauteries* fami ières de Gérard Dow. Enfin, la peinture espagnole d'un réalisme si saisissant, si vrai, ne peut pas plaire dans un pays dont les représentants à l'étranger sont MM. Duval le Camus père, Lepoitevin, Lapito, et où les cinq sixièmes de la nation insultent au génie de M. Eugène Delacroix.

Les artistes étaient donc venus en foule assister aux derniers moments de cette collection, remarquable en ce sens qu'elle faisait connaître des noms et des œuvres de peintres espagnols qui n'existent pas sur le catalogue du musée du Louvre.

Les marchands de tableaux s'étaient assis sur les bancs de bois autour de la table circulaire où l'on étale les objets à l'enchère. Ces bancs sont les places privilégiées, attendu qu'il est facile de voir tous les objets en vente, qu'on peut les toucher tous, et examiner rapidement si une fente, un accroc, des *repeints*, n'ont pas réparé l'irréparable outrage dont les tableaux, les porcelaines et les ivoires sont si souvent entachés.

Dans la salle, cinq à six artistes s'étaient groupés de façon à masquer un de leurs amis qui dessinait une singulière figure, fort occupée à regarder un tableau. — Ce doit être, dit l'un des artistes, un amateur.

— Non, répondit un autre, il a un habit. Un amateur n'a jamais d'habits ; s'il en a, ils servent à habiller les porte-manteaux. L'amateur, comme le bibliophile, jouit d'une redingote recélant des poches où vont s'engouffrer les livres, les statuettes et tout objet d'art, petit et non casuel.

— Alors, c'est un peintre en miniatures : à coup sûr, il a vieilli dans cet art intéressant, et il demeure galerie de Valois, au Palais-Royal.

— Pas davantage : un peintre en miniature deviendrait fou devant un tableau espagnol.... Tenez, ce bonhomme a l'air de s'y connaître, il vient de cracher sur la toile.

— Il a craché, dit un autre, c'est un marchand de tableaux.

— Oh ! que vous n'y entendez rien, dit à son tour le dessinateur. Regardez ces marchands attablés : ils sont tous gros et rouges, avec des habits aussi sales qu'un portrait de famille dans un grenier. Ils sont grossiers et mal embouchés, vos marchands, et cet original a de fort bonnes manières, malgré son habit noir qu'on dirait tissé par une araignée.

— Eh bien ! profond observateur, dis-nous la profession, l'âge et la demeure de cet homme ?

— Si j'étais Mme Clément, l'auteur du Corbeau sanglant, dit le peintre, et que j'eusse eu l'honneur de succéder à Mlle Lenormand, je pourrais vous faire croire à ma science ; mais j'avoue que cet homme me déroute. Il a un œil vairon qui exerce une grande influence sur la physionomie.

— Et le nez, une vrille ! Ce nez-là percerait une planche.

— Avez-vous remarqué, dit le dessinateur,

les chairs du cou, qui semblent un paquet de cordes naturelles pour le pendre. Et ces cheveux plats et gris qu'on dirait appartenir à un général de l'armée d'Italie.

— Il a des mains, dit un autre, d'avare-poncif ou de violoniste éreinté.

— Voyez-vous le dandinement du corps, une manie particulière aux bêtes enfermées et aux idiots, répliqua le dessinateur. Cet homme-là, je le connais, je me le rappelle maintenant...

— Bah ! s'écrièrent les artistes, curieux de vérifier leurs observations.

Le peintre enferma dans un carton son croquis terminé, et dit à ses amis :

— J'ai rencontré cet original dans un roman d'Hoffmann.

II.

LE DESSOUS DES VENTES AUX ENCHÈRES.

Non loin des artistes causaient deux hommes,

dont l'un ventru et joyeux répondait par un signe de tête protecteur à toutes les salutations qui lui étaient adressées. Il s'appelle Pigoreau, et les collectionneurs les plus riches, quoique lui disant *père Pigoreau*, ne lui en témoignent pas moins de respect.

Père Pigoreau est le doyen des marchands de tableaux de Paris. Ce fut lui qui acheta une partie de la galerie Lebrun, formée par le citoyen Lebrun, le même qui occupa tout le public artiste sous la révolution, sous le directoire, en épousant Mme Vigée-Lebrun, peintre, dont le mariage n'eut pas d'heureuses suites.

Avec la moitié de la collection Lebrun, — assez célèbre pour obtenir les honneurs de la gravure, — père Pigoreau, jeune alors, n'eut pas de peine à se faire une réputation. Il voyagea à l'étranger et il acheta à peu de frais des toiles précieuses dont les évènements politiques, les guerres, les révolutions avaient annihilé la valeur.

Père Pigoreau n'était rien moins qu'érudit, rien

moins que savant en beaux-arts ; mais la manipulation des toiles avait développé chez lui un certain sens qui fait que le marchand le plus épais en apparence, surpasse souvent en connaissances réelles des artistes distingués. Au fond, c'est de l'instinct animal qui se rapproche du flair des chiens. La meilleure preuve de ceci gît dans un mot de ses confrères jaloux qui disaient de lui : « C'est un homme qui a un fier nez. »

Pigoreau eut donc *le nez* d'acheter en province, vers l'année 1831, tout ce que le dix-huitième siècle avait laissé de panneaux, de trumeaux, de peintures, de pastels et de dessins. Il écoula ses maîtres italiens, ses flamands ; et un beau jour son premier étage, — car il n'eut jamais de boutique, — se trouva garni de Coypel, de Vanloo, de Boucher, de Wateau, de Fragonard, de Lancret, de Pater, de Greuze, enfin, de toute la charmante pléiade des peintres de LL. MM. Louis XV et Louis XVI.

En un an, Paris s'éprit d'une violente passion

pour ces œuvres légères qui convenaient si bien aux mœurs et aux habitudes des habitants du quartier Notre-Dame-de-Lorette. Quelques littérateurs se laissèrent prendre à ce *renouveau*, et chantèrent sur tous les tons le *génie* de Boucher et des autres peintres d'opéra. Au bout de quatre ans, Pigoreau avait réalisé d'énormes bénéfices; il continua à brocanter comme par le passé; seulement, un soir en se couchant, il dit à sa femme, après avoir inspecté ses livres :

—Madame Pigoreau, nous avons 25,000 livres de rente.

Mme Pigoreau, brave femme, mais d'une intelligence douteuse et qui n'avait jamais eu vent des affaires de son mari, poussa un cri de terreur. Elle crut un moment que Pigoreau faisait partie d'une bande de voleurs.

— Eh non! bonbonne, dit en riant le marchand, c'est tout simple. Les Parisiens *ont coupé dans le Louis XV*.

Mme Pigoreau, quoiqu'elle ne comprit pas cet

argot, fut rassurée. Quelques jours après, le marchand lui présenta un jeune homme à qui il venait de vendre son fonds. Ce jeune homme devait rester un an sous la tutelle du marchand.

C'était avec lui que se trouvait Pigoreau à la salle de la rue des Jeûneurs. Il pilotait ainsi son successeur dans toutes les ventes, le présentait aux amateurs et lui enseignait toutes les roueries des commissaires-priseurs.

— Tu vois toute cette foule, Antoine, lui dit-il, eh bien ! ce sera une triste vente. C'est presque tous artistes, ils regardent ; ils voudraient peut-être bien acheter, mais ils n'achètent pas. Nous autres marchands, nous ne voulons pas d'Espagnols, c'est trop noir. Ah ! dans un temps, le tableau espagnol aurait pu être poussé, quand on s'occupait de meubles gothiques. Un ameublement sombre avec des assassinats de saints, des martyrs enfin, ça allait bien ensemble. Mais aujourd'hui que le gothique ne vaut pas quatre sous, — il n'y a plus que les peintres qui en ont, et ils voudraient bien le vendre la moitié de ce qu'il leur a coûté. — Qu'est-ce que tu veux qu'on fasse de ces grands diables de tableaux, peints avec du sang et des fonds de suie pour repoussoir? — Alors, dit le jeune homme, pourquoi sommes nous venus ici perdre notre temps?

— Oh! Antoine, dit le père Pigoreau, tu blasphèmes. On ne perd jamais son temps aux ventes, même quand on n'achète pas... Il faut savoir où vont les tableaux, le prix de chacun de ces tableaux; vous n'en achetez pas, ça ne fait rien. J'ai chez moi près de quinze mille catalogues annotés; si tu les savais par cœur, Antoine, tu serais plus savant que moi. Les tableaux haussent et baissent comme le pain. Aujourd'hui la vente ne sera pas intéressante. Ils vont commencer par leurs *drogues* en porcelaine.

Pigoreau, en sa qualité de marchand de tableaux, avait horreur des curiosités et les dénigrait perpétuellement.

— Les commissaires-priseurs en ont pour deux

jours de *bêtises* à vendre. Tu as vu le catalogue?

— Oui, dit Antoine.

— Eh bien! tous ces brics-à-bracs mis en vente n'ont jamais appartenu à ce pauvre M. Bigot. Les vrais propriétaires sont là, assis autour de la table. C'est indigne, vois-tu, les ventes de tableaux. Il meurt un amateur : on annonce sa galerie, on fait des affiches; tu crois qu'on va vendre ses toiles. Pas du tout, on vend les *breloques* des marchands.

— Pourquoi les commissaires-priseurs ne s'opposent-ils pas à cela? demanda Antoine.

— Eh! voilà le malheur; ils tiennent les marchands, et les marchands les tiennent. Les marchands leur disent : « Vendez nos fonds de magasin et nous achèterons vos tableaux. » Tiens, regarde là-bas ces deux bustes en marbre?

— Sur la console en bois de rose? demanda Antoine.

— Précisément. Eh bien, ces deux bustes font depuis six mois le chemin de l'hôtel Bullion à la rue des Jeûneurs, et de la rue des Jeûneurs à l'hôtel Bullion. Ils resteront dans toutes les ventes jusqu'à ce qu'un badaud ait mis une enchère convenable. Ah! si le malheureux Bigot pouvait voir sa galerie entourée de ces rocailles!

— Vous ne savez pas encore pourquoi il s'est suicidé?

— Hélas! on ne sait pas. On l'a trouvé baigné dans son sang devant une croûte. Voyons, où est-elle?

Pigoreau mit sa main devant ses yeux comme un garde-vue.

— Tiens, dit-il, c'est don Géronias qui me la cachait. Ah! il faut que je lui parle.

Tous deux se dirigèrent vers le vieillard qui avait servi de point de mire aux plaisanteries des artistes : Pigoreau l'aborda poliment.

— Bonjour, *Monsieur* don Géronias, lui dit-il...

L'étranger répondit d'une voix aigre comme du vinaigre :

— Hé! c'est vous, monsieur Pigoreau... Adieu.

Et il tourna les talons, mécontent sans doute d'avoir été troublé dans son observation du tableau.

— Vous partez, dit Pigoreau sans se déconcerter de cet accueil, je vais justement de votre côté. Nous allons, dit-il à Antoine, nous faire raconter la mort de M. Bigot.

III.

HISTOIRE D'UN SUICIDE.

Géronias se laissa prendre le bras par Pigoreau.

— Ce pauvre M. Bigot, dit le marchand de tableaux en manière d'oraison funèbre, pourquoi ne s'est-il pas laissé mourir tout doucement ; il avait donc des chagrins ?

— Qu'en savez-vous ? demanda l'Espagnol.

Puis il changea brusquement la conversation.

— Croyez-vous que cette galerie se vendra cher ?

— Tout ça dépend, répondit le marchand ; est-ce que vous seriez amateur ?

— Oh! non, j'ai laissé à Madrid une galerie de beaucoup supérieure à celle-ci.

— Cependant, continua Pigoreau, vous regardiez un tableau depuis tantôt une heure.

— Hein? dit l'Espagnol en tressaillant.

— Là, avouez que cette toile de Fuenzès vous tente.

— Fuenzès... vous connaissez donc? demanda don Géronias tout troublé.

— Est-ce que je ne connais pas tout!... Fuenzès, parbleu, je ne connais que ça, répondit Pigoreau en poussant le bras d'Antoine, signe qui indiquait qu'il rusait dans ce moment l'Espagnol.

— C'est cependant un peintre très-médiocre.

— Eh! dit le marchand, pas si médiocre que vous voulez bien le dire... Fuenzès est très-estimé en France.

— Vraiment! reprit d'un ton inquiet Géronias.

— Et le tableau que vous regardiez ne manquera pas de chalands.

— Non... non. . ce n'est pas possible, s'écria

l'Espagnol ; n'est-ce pas qu'il n'y aura pas d'amateurs?... Ce n'est pas vrai,.. Fuenzès n'a pas de talent.

— Que si ! que si ! continua Pigoreau pour troubler son interlocuteur, et moi-même le premier.

— Oh ! ne l'achetez pas, je vous en prie, dit en suppliant l'Espagnol.

— Ah ! vous y tenez donc, méchant ?

— Eh bien oui, je vous l'avoue, ce tableau, c'est ma vie... Aidez-moi à l'acheter, et je vous le paierai le double, s'il le faut.

— C'est convenu, dit Pigoreau, vous l'aurez, mais à une condition : vous qui étiez si lié avec le défunt, racontez-moi ce qui l'a porté au suicide.

— Ah ! M. Pigoreau, dit Géronias, en lui serrant les mains, j'aurai le tableau, merci ; mais vous me le promettez sûrement...

— C'est convenu. Ainsi, entendons-nous bien : n'importe à quel prix ira le tableau, j'aurai cent pour cent de commission.

— Oui, oui, oui, s'écria l'Espagnol.

» Maintenant, je vais vous dire comment je fis la connaissance de M. Bigot.

» J'étais chanoine à Madrid, poursuivit l'Espagnol, lorsqu'un étranger m'écrivit pour me demander la permission de visiter ma galerie. Je le reçus : il était très-aimable, et il passa quelques jours chez moi. M. Bigot venait pour acheter des tableaux espagnols ; je lui donnai tous les renseignements possibles pour aller dans quelques villes qui ont été fort maltraitées par les révolutions de notre malheureux pays. Comme l'argent est rare, il était facile de l'échanger contre des toiles.

» Six mois après, M. Bigot revint avec des caisses pleines de tableaux. Il me les montra ; je lui offris de lui donner un Murillo pour ce Fuenzès, qui provenait du cabinet d'un noble, fusillé juste un jour après avoir acheté ce tableau. Cette œuvre de Fuenzès avait été découverte dans le grenier d'un couvent de bénédictins par un jeune garçon, qui se laissa tomber d'une poutre très-élevée et fût tué sur le champ.

» M. Bigot refusa l'échange que je lui proposais, malgré la supériorité de mon Murillo. Je ne sais pourquoi je tenais à ce tableau ; il n'est qu'original et dessiné avec une grande naïveté. Mais on désire toujours ce qu'on n'a pas. Je fis de nouvelles offres à M. Bigot, deux, trois tableaux contre ; j'allai même jusqu'à lui donner quatre toiles en échange du Fuenzès. Il y mit de l'obstination, moi aussi. Je rêvais de cette toile ; je sentais que je ne pouvais plus être heureux sans elle. — Voulez-vous toute ma galerie ? lui dis-je un jour. Il refusa constamment. Il ne me restait plus qu'un parti à prendre. Je quittai Madrid en même temps que M. Bigot, non pour le suivre, mais pour suivre le tableau.

» M. Bigot trouva le procédé nouveau et m'offrit de loger chez lui, afin de jouir de la vue de *ma* toile si chère ; il me dit même en riant : « Je » vous la laisserai par testament. »

» Nous arrivons à Paris ; les premiers jours je fus distrait de mes affections par la vue de votre grande ville si agitée. Mon ami fit bâtir une galerie bien éclairée pour y placer sa collection.

» Il y a un an, la galerie fut terminée. Nous allons la visiter, moi curieux de revoir mon Fuenzès. Il n'y était pas : Je l'ai donné à rentoiler, me dit M. Bigot. Vous pensez si je me mis en colère. Quel talent ne faut-il pas pour rentoiler un tableau ! Les ouvriers vont l'abîmer, pensais-je. Je demandai à mon ami l'adresse de son restaurateur, afin de lui donner des conseils; Je m'y connais, moi qui avais soin de mes tableaux et qui ne souffris jamais nulle autre restauration que celles faites par moi.

» J'allai donc chez le marchand, rue de Seine, un matin. Sa boutique était fermée; des draperies noires servaient de rideaux à un cercueil près duquel brûlaient des cierges. Le marchand de tableaux était mort. »

— Ah ! je sais, dit Pigoreau, il s'est empoisonné on ne sait trop pourquoi.

— Oui, dit le chanoine espagnol. Sa mort le

fit déclarer en faillite; le tableau resta six mois sous les scellés. Enfin, il y a quelque temps, M. Bigot m'appela tout joyeux. Son Fuenzès venait de lui être rendu. Il était parfaitement restauré. Nous passâmes toute la journée à l'admirer. Le lendemain, j'entends un grand bruit dans la maison. On frappe à ma porte. Un domestique tout ému m'apprend que M. Bigot s'est suicidé dans la nuit. Je cours à sa chambre : il était étendu sur son lit, une large plaie au cou. Ses domestiques l'avaient trouvé le matin, étendu par terre, baigné dans son sang, une main crispée sur le tableau de Fuenzès. On n'a pu découvrir le motif qui l'avait amené à se suicider; ses affaires étaient très en règle. Comme je vous ai dit, j'avais passé la journée précédente avec lui, et rien ne m'avait paru changé dans ses facultés.

— Alors, dit Pigoreau, comment se fait-il que vous ne soyez pas aujourd'hui possesseur de ce tableau?

— Ah! on n'a pas trouvé de testament, et

ses héritiers naturels ont fait mettre la galerie en vente.

— Je comprends, dit Pigoreau, que vous teniez à ce tableau.

— Vous me le promettez toujours, dit le chanoine.

— Je vous le jure. Et comme don Géronias prenait congé de lui : Nous aurons soin, dit Pigoreau à son successeur, de faire monter le Fuenzès.

IV.

ENCHÈRES SUR ENCHÈRES.

Deux jours après cette conversation, Pigoreau entrait à l'hôtel des Jeûneurs avec son successeur et l'Espagnol. La foule avait diminué, les artistes ayant perdu leur temps à regarder vendre des poteries, des ivoires, des émaux, toutes sortes de choses fort curieuses, mais dont l'écoulement ne semblait pas avoir de terme.

Don Géronias jeta un coup-d'œil rapide sur tous les tableaux, et manifesta une grande surprise.

— Hé! dit-il en saisissant la manche de Pigoreau, le Fuenzès? le Fuenzès?

— Qu'est-ce qui vous prend? répondit le marchand.

L'Espagnol était inquiet; il fouillait de l'œil chaque coin de la salle.

— Il n'y est plus, le Fuenzès... Vous m'avez trompé; il est vendu.

Pigoreau fit la grimace. Il craignait qu'on n'eût vendu, dans un lot, l'affreux tableau (à son avis), mais qui devait lui rapporter d'assez beaux bénéfices.

— Attendez une minute, dit-il à l'Espagnol, il n'est pas perdu, bien sûr; je vais savoir...

Et, sans laisser le temps à don Géronias de répondre, il le quitta, parcourut la salle, se glissa à travers les groupes et arriva près de la table où étaient assis divers marchands. Il frappa rudement sur l'épaule d'un homme qui causait avec une revendeuse à la toilette.

— Dis donc, Crochard, où est passé le tableau recommandé?

— Ah! père Pigoreau, le malin des malins, toi qui fais la barbe à tout le monde, tu n'avais pas pensé à celui-là?

— Allons, parle! dit Pigoreau impatient.

Le marchand interpellé s'empara de la tête de Pigoreau et lui coula ces paroles dans l'oreille :

— J'ai fait mettre le Fuenzès dans un tas d'horribles toiles déchirées, en mauvais état.

Pigoreau rugit.

— Mais tu veux donc, buse, dit-il, que le lot se vende trois francs?

— C'est là que je t'attendais. Je ferai monter, monter le lot. Les marchands et les commissaires n'y comprendront rien d'abord; puis ils vont croire que le lot renferme une curiosité importante, un chef-d'œuvre. De cette façon, le Fuenzès ira dans un prix raisonnable.

— Très-bien, dit Pigoreau. Tiens, je t'avais promis dix du cent, tu auras quinze.

— Merci, vieux crocodile, dit le marchand en suivant de l'œil son confrère, qui retournait vers don Géronias.

Quand l'Espagnol eut appris ce que Pigoreau jugea prudent de lui dire, à savoir que le Fuenzès n'était pas vendu, il fit éclater sa joie par un ricanement étouffé.

— Pourrait-on le voir? demanda-t-il.

— Oh! ce serait imprudent; tout le monde se douterait de la valeur que vous attachez à cette toile, et les enchères monteraient trop haut... Dis donc, galopin, s'écria Pigoreau en s'adressant à un petit bonhomme en blouse et nu-tête, qui, depuis quelques minutes tournait autour de lui, ne pourrais-tu pas marcher par terre? Qu'est-ce que tu fais ici? Va plutôt à l'école.

Le gamin fit un pied de nez au brave marchand de tableaux et s'enfuit, passant entre les jambes des curieux. En deux bonds, il fut auprès de Crochard.

— M'sieur, lui dit-il, j'ai entendu père Pigoreau dire comme ça que, si on se doutait de la valeur, les enchères monteraient trop.

— Je m'en doutais, dit Crochard en se frottant les mains. As-tu pu savoir, demanda-t-il au gamin, le nom de l'homme qui cause avec Pigoreau ?

— On ne sait pas son nom dans la salle, répondit l'intelligent gamin, mais il est Espagnol.

— Bon ! de mieux en mieux, fit Crochard qui ne put dissimuler sa joie. Va-t-en à la boutique, maintenant ; je n'ai plus besoin de toi.

L'enfant s'enfuit à toutes jambes, sans attendre de nouveaux ordres..

— La vente va commencer, dit Géronias. Voici Me Gallet, le commissaire-priseur.

— Messieurs, la vente est ouverte, dit le commissaire-priseur, en s'installant à son bureau et en frappant sur la table quelques coups de son marteau d'ivoire, pour faire cesser le bruit de la foule. Nous commencerons par quelques tableaux de l'école française.

Un murmure violent accueillit ces paroles.

— Il n'y a que trois ou quatre toiles françaises, Messieurs, dit le commissaire-priseur; aussitôt après, nous passerons à l'école espagnole.

Le garçon de vente apporta sur la table deux *Effets de Neige.*

— Messieurs, nous mettons aux enchères deux tableaux du célèbre Malebranche, qui font pendant, deux très-jolis morceaux, d'un bel effet.

— Deux cents francs, dit le commissaire-priseur.

On a vendu à l'hôtel Bullion et à l'hôtel des Jeûneurs de quoi remplir le musée de Versailles, avec les œuvres du *célèbre* Malebranche, un peintre qui eut la spécialité des effets de neige, et qui, non content de travailler constamment à produire les mêmes *effets*, avait en outre un atelier de jeunes gens occupés à copier sa manière.

Malebranche mort, ainsi que son école, les brocanteurs continuèrent cette spécialité, de telle sorte qu'il existe en France près d'un million d'*effets de neige* du *célèbre Malebranche.*

— Ça se vendra cinquante francs à un amateur, dit Pigoreau, et l'amateur sera refait de trente francs.

Don Géronias s'était assis et paraissait impatient de posséder l'œuvre qu'il poursuivait depuis si longtemps. Sa tête était enfouie dans ses mains. Chaque fois que le commissaire-priseur annonçait par trois coups de son marteau qu'un nouvel objet était vendu, l'Espagnol sortait de son immobilité et allongeait le cou pour voir si le tableau de Fuenzès n'apparaissait pas.

L'école française étant épuisée, le garçon de salle apporta des cadres vermoulus sans toiles, et des toiles éraillées sans cadres.

— Attention! dit Pigoreau à Géronias.

L'Espagnol se dressa sur ses deux jambes par un soubresaut, et cligna de l'œil.

— Messieurs, dit le commissaire priseur, un lot de vieux cadres, de vieilles toiles en mauvais état. A combien? dit-il dédaigneusement en interrogeant du regard la galerie de marchands.

— Un franc, dit le garçon de bureau. Allons, Messieurs, vivement, s'il vous plaît.

Les marchands ruèrent leurs mains sur toutes ces vieilleries.

— Ah! cria hautement don Géronias, qui avait reconnu son tableau.

Toutes les têtes se retournèrent vers l'Espagnol.

— Silence! dit le garçon de bureau.

— Ne faites pas voir, dit Pigoreau bas à l'oreille de son client, que vous attachez de l'importance à cette toile.

— Je veux la voir, dit don Géronias.

— Non, non, dit Pigoreau; vous la doubleriez de prix.

— Un franc vingt-cinq, cinquante, soixante-quinze, deux vingt-cinq, dit le commissaire-priseur.

— Deux cinquante, soixante-quinze, trois francs, continua le garçon de bureau.

A cinq francs les enchères des marchands de tableaux s'arrêtèrent. Seul, Crochard continua en se grattant le nez, à faire monter, par étages de vingt-cinq centimes, la distance qui mène de cinq à dix francs.

Un étranger aux habitudes de ces ventes s'inquiéterait fort d'où partent les enchères recueillies par les commissaires-priseurs. Les marchands ne parlent jamais, et il faut toute la naiveté d'un novice amateur pour lancer un prix. Chaque marchand a un signe particulier, un signe à lui que connaissent tous les commissaires-priseurs. Les uns tourmentent le bouton de leur redingote (enchère); d'autres froncent le sourcil (enchère); d'autres passent leur langue sur la lèvre (enchère); d'autres bâillent (enchère); d'autres, c'est la façon la plus connue, clignent des yeux (enchère); et bien des petits moyens mystérieux dont le détail serait trop long.

Crochard, lui, se grattait le nez pour indiquer qu'il surenchérissait; aussi l'aile droite de son nez avait-elle souffert et considérablement rougi de ce commerce. A l'issue de certaines ventes, le nez de Crochard était pourpre, par la raison bien simple qu'il s'était *entêté*, — un mot de brocanteur.

Aussi un commissaire priseur doit-il envelopper de ses yeux toute l'assemblée et ne pas compromettre, par l'arrêt de son regard, le dernier enchérisseur qui a un interêt à ne pas être connu.

Le lot, par les grattements de Crochard, monta à vingt francs. Les marchands commençaient à s'entre-regarder et à fixer l'amas de vieilles toiles qui ne leur apprenaient rien.

— Cent francs! dit une voix dans la foule.

— Cent francs, répéta le commissaire-priseur en témoignant de l'étonnement. Voyons, Messieurs, à cent francs. Faites passer, Louis, dit-il au garçon de bureau, les toiles aux amateurs?

Les marchands interrogeaient du regard les

cadres, les toiles moisies, les inspectaient avec un œil qui aurait voulu se changer en loupe; d'aucuns humectaient de salive les peintures, pour leur rendre momentanément le brillant du vernis absent.

— Deux cents francs, dit la voix.

Cette voix appartenait à l'associé de Crochard.

— Personne ne met au-dessus de deux cents francs? demanda le commissaire-priseur.

Pigoreau fit un signe affirmatif à Crochard qui se gratta le nez.

— Deux cent-cinquante.

A de certains moments, don Géronias tressaillait; ou bien quand les tableaux, passant de main en main, s'approchaient de lui, il étendait en avant ses mains longues et maigres, comme s'il eût voulu les saisir. Ce commerce n'avait pas échappé à Crochard, qui communiquait à tout moment, par le regard, avec Pigoreau. Aussi, quand il eut refléchi quelques instans, lança-t-il courageusement, et à haute voix, un nouveau prix : mille francs.

Le commissaire-priseur tressauta sur son fauteuil de cuir. Quel était donc ce mystère? Crochard avait renoncé, pour la première fois de sa vie, à son grattement de nez.

— Mille francs! cria le garçon de salle.

Pigoreau fit la grimace. Il pensait que la transition de deux cent cinquante à mille francs était trop brusque pour que don Géronias ne s'aperçût pas qu'il avait des relations avec Crochard.

— Il y a donc des billets de banque dans ces toiles-là? dit tout haut un marchand goguenard.

Sans s'inquiéter de cette plaisanterie, qui obtint les honneurs du rire, Crochard lança une autre enchère non moins significative que la précédente.

— Deux mille francs! dit-il.

Don Géronias attendait avec impatience la fin des enchères.

— Je n'en donnerais pas cinq sous, disait-on

dans la salle. Ou bien : — Crochard est fou. — Comment fera-t-il pour payer?

— Il n'a pas chez lui pour sept mille francs de curiosités. — C'est drôle, un homme qui n'achète jamais de tableaux.

D'autres étudiaient la figure de Pigoreau, regardé comme l'oracle de l'hôtel des ventes, et se disaient : — Il y a du louche la-dessous. Père Pigoreau n'a pas l'air content.

— Trois mille francs, s'écria Crochard, pâle et le front mouillé, prouvant qu'il était en proie à un combat intérieur.

— Il n'y a pas erreur, M. Crochard? se crut obligé de dire le commissaire-priseur.

— Non, non, trois mille francs!

— Ah! le pauvre homme, dit un voisin; c'est trois mille liards qu'il devait dire.

Crochard avait entendu, et, par bravade, il reprit :

— Cinq mille francs!

Mais on devinait que cette lutte l'avait fatigué

autant que les regards curieux de la foule. Sa voix était haletante, et il était près de s'évanouir.

— Louis! dit le commissaire-priseur, un verre d'eau à M. Crochard.

Après quoi la vente continua, Pigoreau ne sachant comment allait se terminer cette affaire. Don Géronias murmurait entre ses dents des paroles espagnoles.

— Personne ne met au-dessus de cinq mille francs? demanda le commissaire-priseur.

A cet appel, toutes les têtes se tournèrent vers Crochard, qui était affaissé sur lui-même.

— Une fois, deux fois, personne ne dit mot?

— Messieurs, une collection de tableaux espagnols, *cin-que-mille francs*, dit le garçon en appuyant sur le chiffre.

— Cinq mille francs, une fois, deux fois, trois fois, personne n'en veut plus? cria le commissaire-priseur.

Il se fit un long silence par la salle.

— Adjugé à M. Crochard!

Et le marteau retentit sur la table. Le garçon poussait déjà les toiles vers l'acquéreur qui étendait sa main en avant, lorsque le commissaire-priseur se leva avec solennité et dit :

Vous savez, Monsieur Crochard, que la vente est au comptant?

— Voilà la somme, s'écria Pigoreau en ouvrant son portefeuille.

— Qu'on me passe mes tableaux, dit don Géronias avec impétuosité.

— Me Gallet, dit Crochard au commissaire-priseur, faites mettre les toiles de côté, je vais chez moi chercher la somme.

— Tu as donc perdu la tête, dit Pigoreau, puisque voici l'argent en billets de banque?

Mais Crochard avait disparu, laissant Pigoreau très-inquiet, don Géronias réclamer son tableau, et la foule murmurer et causer de ces trois acquéreurs mystérieux qui ne paraissaient pas s'entendre.

V.

FLOUERIES EN MATIÈRE DE REVIDAGE.

Rusé revint au bout de deux heures, rouge et essoufflé. Il traversa tous les groupes, alla droit au bureau du commissaire-priseur apporter 5,000 f. plus 250 fr. en raison des cinq pour cent affectés au droit de vente.

La foule, qui se moquait de lui tout à l'heure, s'inclina devant l'homme qui venait de payer cinq mille francs *au comptant*, et il put emporter ses toiles. Pigoreau et don Géronias, qui suivaient chacun de ses mouvements, l'accostèrent à la sortie de la salle de vente.

— Pourquoi, lui dit Pigoreau, n'as-tu pas pris l'argent que je t'offrais ?

— Mon petit, dit Crochard, parce que j'achète pour moi.

— Je veux mon Fuenzès! s'écria don Géronias.

— Laissez-moi, dit Pigoreau, m'arranger avec lui.

Et il entraîna son confrère près de la cheminée qui donne dans le vestibule.

— Je ne te comprends pas, dit Pigoreau; as-tu peur que je ne te donne pas les quinze du cent?

— Mais non, dit Crochard, j'achète à mon compte, tu ne saisis donc pas! je te laisse tout, mais je garde le Fuenzès.

— Ah! dit Pigoreau, j'y suis... Je me suis fait *remoucher*. Combien veux-tu?

— Dame, tu sais bien. Fais ton prix.

— Mon cher, l'Espagnol me fait cinquante pour cent de commission.

— Bien, je les accepte.

— Tu acceptes! dit Pigoreau; mais moi, que me restera-t-il?

— Je n'en sais rien, mais tu sauras bien t'arranger.

— Sacristi! dit Pigoreau, faut-il être arrivé à mon âge, être le doyen des marchands de tableaux, pour me laisser embrocher comme un dindon par toi.

— Chacun son tour, papa, dit Crochard.

— Allons, scélérat, dit Pigoreau, tiens, voilà tes cinquante pour cent.

Don Géronias, qui se tenait à l'écart, voyant à l'aspect des physionomies que l'affaire était conciliée, revint vers Pigoreau.

— Voilà le Fuenzès... et il m'en a donné du mal, le brigand de tableau.

— Ah! s'écria l'Espagnol, dont les yeux lancèrent des flammes, enfin!

Puis il contempla la toile avec une expression étrange de bonheur.

— Venez demain de bon matin, dit-il à Pigoreau, nous réglerons.

VI.

SOIRÉE MAL EMPLOYÉE.

Le même soir à huit heures, don Géronias

était assis, écrivant à une table, dans une petite chambre d'hôtel garni. De temps en temps, il cessait d'écrire pour regarder le tableau dont il avait fini par prendre possession.

La lueur de la bougie, qui vacillait sur la toile, ajoutait encore à l'œuvre étrange du Fuenzès.

Evidemment, ce tableau représentait une Tentation, mais non pas celle à laquelle les peintres nous ont accoutumés. Saint Antoine était sur le premier plan, regardant avec effroi, sans pouvoir détourner les yeux, une ronde infernale d'hommes et de femmes qui avaient un poignard fiché dans le sein droit. — On sait que quelques peintres espagnols, n'ignorant pas sans doute l'endroit où est placé le cœur, ont représenté cependant des personnages percés au côté droit. — Quoique le sang découlât des blessures, la bande n'en tournait qu'avec plus de frénésie.

Du côté opposé à saint Antoine, des soldats avaient mis le feu à une maison qui s'écroulait, entraînant dans sa ruine femme, enfants, animaux, qui se tordaient dans les flammes.

Plus loin se voyait un gibet avec autant de bras que Briarée. Chaque bras était porteur d'une couple de pendus qui riaient chacun de la danse des jambes de son camarade.

Dans le fond, un atelier de dissection, dont les portes étaient ouvertes, laissait voir une épouvantable collection de martyrs, qui avaient laissé leurs têtes, leurs bras, leurs jambes, leurs yeux, leurs oreilles, leurs nez sur le champ de bataille du christianisme.

Il avait fallu l'imagination d'un peintre espagnol pour songer à tenter Antoine par de telles images. Le tableau était peint avec une naïveté sèche, propre, cruelle et sanglante qui faisait horreur.

Don Géronias regardait cette Tentation avec des yeux égarés. Il écrivait une phrase, examinait un groupe, reprenait la plume et laissait errer ses regards vers le tableau. On eût dit qu'il étudiait cette œuvre avec ténacité, pour en critiquer les moindres détails.

Enfin, quand sa lettre fut terminée, il la relut, la plia lentement, la ferma d'un cachet noir, et il sortit.

— Madame, dit-il à la propriétaire de l'hôtel, voici une lettre adressée à M. Pigoreau, qui viendra demain matin me demander. Veuillez la lui remettre.

Puis il remonta et se dépouilla de sa redingote. Sous son gilet était un petit crucifix d'ivoire appendu à son cou. Don Géronias le prit et se mit à genoux. Sa prière fut longue. L'Espagnol parlait à voix basse et semblait se confesser.

Après s'être relevé, il alla droit dans un coin chercher une corde neuve en rouleau. Il la mesura, la pendit à un clou suspendu assez haut au mur.

Le tableau était toujours éclairé par les dernières lueurs de la bougie. Don Géronias se dirigea vers la table, regarda attentivement le tableau, poussa un grand soupir, le jeta par terre et le piétina de ses deux pieds.

Quand la toile fut crevée, il passa ses deux jambes dans le châssis, se dirigea non sans peine vers la corde, et se l'attacha au cou. On n'entendit qu'un faible râlement.

La bougie s'éteignit.

VII.

DÉSAPPOINTEMENT DE PIGOREAU.

— M. Pigoreau, dit Antoine, en surprenant au saut du lit le brave marchand de tableaux, vous ne savez pas la nouvelle?

— Comment veux-tu que je sache? je m'éveille.

— Crochard est mort cette nuit d'une attaque d'apoplexie.

— Hé bien, mon garçon, que veux-tu, nous sommes tous mortels. Au fond, je crois que c'est le bon Dieu qui le punit de m'avoir si indignement floué hier soir. A propos, nous allons ce matin toucher les pistoles de ce bon monsieur don Géronias.

Pigoreau s'habilla et partit avec Antoine. Tout le long de la route, Pigoreau se livra à d'aimables plaisanteries sur les fantaisies de l'Espagnol.

— Monsieur, lui dit-on à l'hôtel, n'est-ce pas vous qui vous appelez M. Pigoreau?

— C'est lui-même, répondit-il facétieusement.

— Il y a une lettre pour vous... Monsieur a défendu de laisser monter ce matin.

— Une lettre... dit Pigoreau. Voyons, Antoine, toi qui as de bons yeux, lis-nous un peu ça.

Antoine lut

« Monsieur,

— » Quand vous ouvrirez ce papier, je n'existerai plus.. »

— Ah! s'écria Pigoreau, il est mort, don Géronias... Vite, allez voir!...

Deux domestiques coururent à la chambre de l'Espagnol Pigoreau les suivait de près. On frappa et on appela don Geronimas sans obtenir de réponse.

— Enfonçons la porte, dit Antoine.

Les domestiques jetèrent sans grande peine la porte en dedans; tous purent apercevoir le corps du suicidé, — dont les jambes étaient éclairées par un rayon de soleil.

Les instincts du marchand de tableaux prirent le dessus sur Pigoreau, qui n'aperçut qu'une chose.

— Seigneur ! s'écria-t-il, il a crevé le Fuenzès!

Pendant qu'on allait chercher le commissaire de police pour constater le suicide, Antoine et Pigoreau descendirent dans la cour de l'hôtel et continuèrent à lire les dernières volontés du mourant.

— « Ne m'en voulez pas, Monsieur Pigoreau, » de vous faire perdre quelque argent... »

— Dix mille francs ! soupira le marchand de tableaux.

— « Et remerciez le ciel de ne pas avoir acheté

» cette toile. Elle était mortelle. Tous ceux qui » l'ont possédée entre leurs mains, seulement » quelques instants, devaient mourir de mort » violente. »

— C'est pourtant vrai, dit Pigoreau un peu consolé.

— « Moi seul, je savais ce terrible secret; » c'est ce qui m'a obligé de quitter mon pays » pour empêcher de nombreux malheurs. J'ai » fait tout ce que j'ai pu pour soustraire M. Bigot » à son malheureux sort; mais mon acharnement » à la possession du tableau a produit des ré- » sultats contraires à ceux que j'espérais. Priez » pour le pauvre encadreur, dont la mort vous » est expliquée maintenant; priez encore pour » l'infortuné marchand que vous aviez pris pour » entremetteur, et qui ne passera pas la nuit. »

— Ah! mon Dieu, s'écria Pigoreau, c'est le diable que cet Espagnol, un enchanteur. — Quoi! il a pronostiqué la mort de Crochard!

— « Vous irez trouver un prêtre espagnol et

» vous lui raconterez ma mort. Si l'église refuse » des prières à un suicidé, mon compatriote fera » son devoir pour donner le repos à l'âme du » faux don Géronias qui n'est autre que le peintre

FUENZÈS. »

— J'en perdrai la tête, dit Pigoreau... Antoine, dans ton intérêt, souviens-toi qu'il ne faut jamais avoir chez toi un tableau espagnol. C'est tous sorciers, ces gens-là.

24 novembre 1846

SIMPLE HISTOIRE

D'UNE MONTRE D'UN RENTIER,

D'UN LAMPISTE ET D'UNE HORLOGE.

A Monsieur Marc Fournier.

SIMPLE HISTOIRE

D'UNE MONTRE D'UN RENTIER,

D'UN LAMPISTE ET D'UNE HORLOGE.

—

Soyez certain que celui qui a dans son gousset une montre sera tyrannisé par ce meuble, s'il n'a pas à son service un caractère ferme ou une intelligence robuste. J'ai fréquenté dans la province un homme, le type du provincial, de l'honnêteté, de la candeur.

La petite ville était célèbre aux alentours par

ses moulins à vent et ses églises. Les moulins à vent s'en sont allés tout d'un coup, aussi les églises. Pourtant jamais situation ne fut plus propice aux moulins. Ils étaient on ne peut mieux sur la montagne, se croisant rarement les bras, attendu que le vent par là n'est pas rare. On a cherché à me faire comprendre que l'industrie avait trouvé des *broyeurs* de blé plus alertes que les moulins à vent. Tant pis; c'étaient des constructions bizarres qui faisaient bien dans le paysage, et qui, la nuit, semblaient un grand cyclope géant doué de quatre bras.

Toutes les villes ont la rage d'avoir des rues Vivienne, des rues de Rivoli : elles adorent être tirées au cordeau. Ce que ces opérations de voiries, ces expropriations pour cause d'*utilité publique*, ces alignements ont fait sauter de monuments, est incalculable; mais aussi les bourgeois ont à la place des trottoirs et de grandes imbécilles de maisons, droites comme des I, et toutes en pierre de taille.

Deux églises cependant restèrent debout au milieu de cette *iconoclastie*, toutes deux avec des horloges au front. L'Hôtel-de-Ville aussi avait sa sonnerie particulière. — Pour en revenir au propriétaire de la montre, il fallait voir son inquiétude quand les trois horloges n'allaient pas à l'unisson. C'étaient des courses infinies, des questions sans nombre à chacun de ses compatriotes pour expliquer le désagrément que lui causait le peu d'accord des trois horloges. Plus tard notre original, afin d'avoir moins à souffrir, adopta la cathédrale. Il donnait l'heure à tous ses parents, ses amis, ses connaissances; mais, ne voulant tromper personne, il avait soin d'expliquer que « c'était l'heure de la cathédrale. » Ce type si fréquent se retrouve à Paris. Les employés de l'Hôtel-de-Ville ont tous « l'heure de la ville. » Je sais un rentier de la Place-Royale, qui fréquente depuis des temps immémoriaux le Jardin-Turc, et qui n'a pas cru devoir donner de meilleures preuves de son estime à cet établissement, qu'en tirant sa montre : « Monsieur, je vais on ne peut mieux, j'ai l'heure du Jardin-Turc. »

Pendant quelques mois, la montre du rentier se trouva d'un accord parfait avec la cathédrale; mais voici que l'horloge, de construction assez vieille, plantée sur un clocher élevé, donc exposée à tous les vents, à tous les brouillards, à toutes les pluies, fut malade des intempéries des saisons. La malheureuse horloge déraisonnait; des fois elle oubliait les *quarts*, d'autres fois les *demies*. Plus souvent elle sonnait des douze heures quand il n'en fallait qu'une. On comprend le violent désespoir qui s'empara de l'homme à la montre. Il avait fait un choix sur l'horloge la plus sûre, la plus accréditée dans le pays, et l'horloge adultère lui *faisait des traits*. Le provincial courut chez le lampiste de la petite ville. Vous me direz : Qu'est-ce qu'un lampiste peut avoir à faire là-dedans? Ceci n'est pas du badinage; croyez-en ce que vous voudrez : ce lampiste était chargé de régler l'horloge de la cathédrale; toutes les quinzaines, il lui fallait grimper les trois cent soixante-quinze marches du clocher pour aller remonter la machine, la nettoyer, la *graisser*. — On sent ici le besoin du lampiste, et on comprend sa nomination. — Rien qu'en voyant entrer son compatriote à la mine blême, à la marche indécise et flottante, le lampiste devina qu'il s'agissait de l'horloge de la cathédrale. — Je n'y peux rien, dit-il en répondant à la demande muette de l'homme désole, c'est une machine capricieuse comme tout. — Le provincial poussa un soupir, et d'un geste muet, d'un geste comme n'en trouvera jamais Mlle Rachel, il plia son coude en deux, la seconde partie de l'avant-bras fit un nouvel angle, les doigts de la main droite eux-memes se courbèrent, — en tout quatre angles, — et de cette manœuvre geométrique il résulta que la main droite fouilla dans le gousset du gilet. Une montre en sortit.

Elle était sans aiguilles! !!

Trouvez-moi dans les romans anciens ou modernes une douleur plus éloquente, plus sentie, plus profonde que celle-là ! Le lampiste avait l'âme sensible ; d'un esprit peu cultivé d'ailleurs, il ne s'inquiétait ni de M. Châteaubriand, ni de la Pologne, ni de la réforme électorale, ni de l'Irlande affamée. Non, il lisait tout bonnement le journal de son chef-lieu, et toute son attention se portait vers le cours des graines oléagineuses, dont voici le tableau exact :

Huiles. — Graines oléagineuses.

COURS DE LILLE. — 5 mars

	GRAINES.		HUILES.		TOURTEAUX	
Colza nouv. . .	20 00	27 00	80 00	00 00	15 50	16 50
Œillette.	24 50	26 00	85 00	00 00	14 25	15 25
Lin .. .	20 00	25 00	82 25	82 00	18 00	20 00
Cameline	20 00	24 00	77 00	00 00	15 50	16 00
Chanvre..	00 00	00 00	00 00	00 00	14 00	15 25
Huile bon goût sur march......			00 00	00 00		
Id. d'Œillette bo goût......			00 00	00 00		
Id. froissage soutirée..			00 00	00 00		
Id. épurée pour quinquets .			86 00	00 00		
Id pour réverberes .			00 00	00 00		

Suif fondu du pays . 110 à 000

PARIS, 5 *mars* — Huile colza disponible, fr. 88 00 ; courant du mois, 00 00 ; 4 derniers mois, 88 58 à 89 25 ; 4 premiers, 00 00 à 00 00.

Mais cet esprit vierge comprit le trouble du

possesseur de la montre. Car lui aussi était affligé des écarts et de la mauvaise conduite de l'horloge. Il ne répondit pas un mot, ce qui prouve combien il partageait la douleur de l'autre, et il eut raison. Je saurais très-mauvais gré à l'ami qui viendrait m'apprendre que....... est morte, et qui tenterait de me consoler par un flux de paroles. Qu'il se taise, qu'il pleure avec moi, ou qu'il me laisse un peu me cogner la tête contre le plafond.

Le lampiste quitta son tablier huileux de serge verte, que le cuivre avait rendu noir par son contact, endossa son habit noir, entendez-vous? son habit noir, l'habit des cérémonies douloureuses, l'habit des joies, l'habit des noces et des festins, l'habit des dimanches pour tout dire, et il passa son bras dans celui du bourgeois. Et tous deux, sans dire un seul mot, sans saluer personne, tant était poignant leur chagrin, montèrent ensemble les trois cent soixante-quinze marches de la cathédrale. Le voilà donc en face de son amie, le provincial attriste Ses yeux se raniment, ils s'ouvrent aussi grands que la nature l'a permis; il regarde longuement et fixement l'horloge. La folle était impassible; seulement, son gros tic-tac, — qui est le pouls de ces machines — battait d'une façon un peu fiévreuse. Les roues tournaient avec une activité fébrile : tout cela chantait, dansait, craquait; mais le lampiste : — Ah! Monsieur! je me trompais, ce n'est pas un caprice, elle est malade, elle a la tête un peu détraquée.

Les provinciaux ont très-peur des fous; notre rentier recula de trois pas, d'autant plus que ce tapage, auquel il n'était pas habitué, lui semblait un fâcheux augure. Il n'avait jamais vu ni oui de machines à vapeur. — Faudra l'envoyer à Paris, dit le lampiste; je ne suis pas assez habile pour essayer de la guérir. — Mais le voyage? — Oh! nous la coucherons avec soin dans un bon lit de foin, avec des planches tout autour. — Et qu'est-ce que je deviendrai, moi, pendant son absence?

Le lampiste n'osa proposer au bourgeois une nouvelle liaison avec d'autres horloges; c'étaient de jeunes pimpernelles, à la mode nouvelle, qui étaient coquettes et chantaient les heures d'une voix trop claire. Celle de la cathédrale, au contraire, était une personne grave, d'un âge mûr, et qui avait vu tant d'événements, de révolutions, de changements de maires, d'adjoints, de sous-préfets, qu'elle avait acquis cette expérience si douce dans le commerce de l'amitié.

. . . .

. . . .

L'horloge partit pour Paris, et avec elle le sommeil de l'honnête bourgeois.

Un matin qu'il était occupé à regarder mélancoliquement sa montre sans aiguilles, le lampiste entra. Il avait remis son habit noir, mais non plus en synonyme de crêpe et de pleureuse; d'ailleurs, les ris et les jeux (pardon pour ce mot de nos pères!) se peignaient sur sa physionomie. Le bourgeois tressauta, et avec un hoquet causé par la joie : « Elle est revenue ! » s'écria-t-il. Et, sans attendre la réponse, il sauta au cou du brave lampiste. — Le lampiste m'a même dit plus tard qu'il sentit deux grosses larmes, de ces bonnes franches larmes qu'on rencontre si rarement, lui couler sur les deux joues, et se dérober dans les profondeurs de son vaste faux col. — Oui, elle est revenue, et en bonne santé, répliqua le lampiste tout ému. — Vous viendrez manger la soupe avec nous?

Pour le coup, ce fut au lampiste d'essuyer ses yeux. Rien de plus aristocratique que la bourgeoisie de province. Là vous verrez rarement, même ceux qui ont beaucoup voyagé, des lampistes partager la *soupe* du rentier. Notre lampiste comprenait d'autant mieux cet insigne honneur, qu'il était honnête homme, petit commerçant, pas envieux, ne briguant pas les honneurs : au fond, un de ces braves gens dont le coutelier Diderot, de Langres, a laissé un si beau type. Il me serait facile ici de placer quelques phrases sur le fils du coutelier, sur Diderot fils, non pas l'encyclopédiste, mais l'auteur du *Neveu de Rameau*, non pas l'adorateur de Voltaire, mais l'auteur des *Entretiens d'un père de famille*. Eh bien ! je m'en dispense, laissant ces charmantes digressions à Sterne; et j'en reviens à l'histoire de l'horloge.

Le rentier avait dit : « Nous mangerons la soupe ensemble; » mais c'est une façon de parler proverbiale. Le lampiste, quand il eut déployé sa serviette damassée, trouva dessous une paire de boucles d'oreilles en or qui lui firent un grand plaisir; car il n'avait jamais eu le moyen d'en porter qu'en argent. Après le bouilli, apparut sur la table un cochon de lait qui voudrait pour être décrit le pinceau d'un coloriste. Le petit cochon était de ce blond presque roux si cher à Rubens. Que de soins et de veilles n'avait-il pas fallu près de la broche pour arriver à ce ton presque impossible aux cuisiniers parisiens. Ceux-là, les sans soins, auraient stygmatisé le corps du petit cochon de lait d'une tâche noire. Oui, ils l'auraient laissé brûler, au moins par un côté. Et la meilleure preuve que toutes ces opérations culinaires et gastronomiques avaient été préparées avec un soin de Gérard Dow, la tête du petit cochon de lait était calme et tranquille, plutôt mélancolique que souffrante. Ses yeux étaient fermés doucement et sans effort. Cela va paraître peut-être invraisemblable (j'en appelle aux admirateurs de Brillat-Savarin), le petit cochon de lait semblait être heureux d'avoir été aussi bien cuit!

Le rentier plongea dans les flancs du joli animal un couteau prudent, et l'enveloppe dorée, cette croûte d'une confection si difficile, se détacha tout simplement du corps blanc et vierge du petit cochon. — Votre assiette, mon ami, dit le bourgeois au lampiste, que je vous donne *du d'or.* — Je me suis souvent acharné après les provinciaux à cause de leurs mœurs rapetissées; eh bien! dans ce moment, je bénis le ciel d'avoir vécu vingt ans dans une petite ville. Les jolis mots qu'on y apprend! le charmant argot qu'ont ces braves provinciaux! Cherchez dans toutes les langues, les mortes et les vivantes, celles de l'orient et de l'occident, du nord et du midi, vous n'y trouverez jamais un mot aussi ingénieux, aussi naïf et aussi coloré que celui-là : *Du d'or!* pour exprimer la croûte rôtie et luisante d'un petit cochon de lait mis à la broche.

Le dîner se passa dans des élans de gaîté; pour couronner le festin, il fut question d'un verre de ratafia, qui mit les esprits en plus belle humeur sans attaquer la tête. Après le ratafia vint le café, servi dans de jolies tasses sur lesquelles étaient peintes des lyres dorées qui contenaient la *torréfaction de moka*, suivant l'idiome du bourgeois. Cette nuit-là il dormit comme il n'avait jamais dormi de sa vie. Il rêva les rêves les plus roses et les plus folâtres. A huit heures du matin, notre rentier se leva frais, reposé, la tête légère; il oublia de se vêtir de son caleçon. Jamais, depuis quarante ans, il ne s'en était séparé. Quel événement avait donc pu jeter un tel désordre dans ses idées? C'est qu'il devait assister, en compagnie de son ami le lampiste, à la pose de l'horloge. — Dans ma jeunesse, mon père étant secrétaire des affaires de la mairie de L... et par conséquent à la tête de la municipalité, — car il n'y avait jamais de maire, — une députation de paveurs vint un jour me chercher, le bouquet à la main, pour poser la première pierre d'une place. On pense quelle joie me procura cet honneur, malgré le mal que me donna la *demoiselle* quand il s'agit de la soulever. Les naïves bouffées d'amour-propre qui s'emparèrent de ma petite personne, âgée de dix ans, ne furent rien, si j'en crois le lampiste, auprès des accès du rentier en allant à la cathédrale. Il enjambait trois marches à la fois; il souriait, se disait de petits mots sans suite à lui tout seul. Bref, il arriva en cinq minutes au clocher.

Par le même geste que j'ai déjà décrit, — les pu[illegible]ngles, [illegible] tira sa montre du gousset du gilet. Les aiguilles avaient repris leur place!!! Le lampiste décrocha d'un clou une clef, une énorme clef aussi grosse que celles de saint Pierre, et se mit en devoir de remonter la machine. — *Cric, crac, cric, crac, cric, crac.* — Les roues commencèrent à sortir de leur torpeur et reprirent leur ancienne partie de concert. Le lampiste fit d'abord sonner une heure, et, à cette voix si connue, le bourgeois se trouva presque mal de bonheur; il y avait si longtemps qu'il n'avait entendu le timbre chéri de son amie! En même temps, après avoir introduit sa clef dans la virole de la montre, il la mettait à une heure. L'horloge, sous la conduite du lampiste, sonna docilement deux, trois, quatre, cinq, six, enfin, jusqu'à onze heures. Et les aiguilles de la montre obéissaient à tous ces appels. — Il est midi trois minutes, dit le lampiste en tirant une vénérable montre de famille, dont la cuvette d'argent, solide comme un cheval, avait dû résister à l'attaque des années. C'était un de ces meubles dits *bassinoires* en langage familier. Le brave lampiste allait donc mettre à l'heure l'horloge restaurée, lorsque le timide bourgeois, craignant une rechute, l'arrêta par le bras. — Croyez-vous qu'elle ira? — Elle ira *comme un charme* maintenant. — Ah! tant mieux, s'écria le rentier en soupirant.

Quand elle fut arrivée au chiffre XII, à cette heure douzième qui s'étalait sur la façade de l'église en larges chiffres romains, l'horloge sembla prise d'une folie furieuse. — Avez-vous été réveillé en sursaut par un réveille-matin? Mettez-en une douzaine ensemble qui carillonneront sans relâche, et vous n'aurez encore qu'une faible idée de l'égarement de l'horloge. Le grand ressort tournoyait convulsivement sur lui-même et faisait tous ses efforts pour s'échapper du *barillet*; les *pivots* et les *goupilles* sortaient de leurs gonds et montraient leurs grosses têtes de fer. Le *cliquet*, qui doit engrener dans la *roue à rocher*, s'était séparé violemment de sa compagne; la *fusée*, qui correspond au *cliquet*, sifflait solitaire ; la *roue de champ* avait engagé un duel terrible avec la *roue de rencontre ;* la *roue de minuterie* avait perdu connaissance ; seule, la *roue de chaussée*, peu revolutionnaire, semblait effrayée du vacarme que faisait la *roue de canon ;* les *palettes* cliquetaient ; le *balancier* semblait un diable dans un bénitier.

A cette révolution inattendue, le bourgeois fut terrifié ; ses yeux et sa bouche étaient grands ouverts. Il n'avait pas plus de salive qu'un condamné à mort qui marche au supplice. Ses doigts s'étaient crispés d'épouvante, et de fauves lueurs passaient par instant dans ses yeux. — Seigneur, s'écria le lampiste hors de lui. — Cette exclamation n'arrêta nullement les écarts de l'horloge ; mais le rentier, ramené un moment vers les choses humaines par cette parole, regarda une dernière fois sa montre et la lança dans l'espace.

. . . .

. . . .

Il n'a jamais dit un mot depuis ce fatal évènement ; le malheureux a la tête perdue. On ne lui parle pas, car alors il répond par des onomatopées intraduisibles qui imitent le tapage d'une pendule détraquée. Les galopins de la ville, cruels comme tous les enfants, ne manquent jamais de lui demander l'heure.

28 février 1847.

VAN SCHAENDEL

PÈRE ET FILS.

A Monsieur Jules de la Madelène

VAN SCHAENDEL

PÈRE ET FILS [1]

Quelques uns ont remarqué, aux salons de 1840 à 1847, les peintures du Belge Van Schaendel, d'autant plus singulières que ce Van Schaendel ne peint que des effets de lumière. Un vaudevilliste n'eût pas mieux choisi le nom à mettre en regard du genre. Les artistes belges ont importé

(1) Il est traité plus spécialement du père

en France le septième fléau de la peinture : inutile de détailler les six autres, qui sont indigènes. Tous les marchands de vieux tableaux ont à leur étal des Van Schaendel ou des imitations dudit maître. Les amateurs adorent ces sortes d'ouvrages qui n'ont pour tout mérite que le côté niais des petits Flamands ; car il y a Flamands et Flamands. D'aucuns, et c'est le plus grand nombre dans les acheteurs de tableaux, paieront cinquante mille francs un Gérard Dow, qui ne donneront pas cinq mille francs d'un Ostade. Combien j'en ai vu qui se laissent prendre à la *patience* dans les œuvres d'art ! Pourtant cette patience range Gérard Dow dans la bande des professeurs de calligraphie.

Quand les Belges de 1840 ne peignent pas d'effets de lumière, ils se rabattent sur les bêtes et se font peintres d'animaux : ne serait-il pas mieux de les définir animaux de peintres ! Mais, au lieu de m'appesantir sur ces infirmités qui sont une espèce de lèpre artistique, je préfère raconter la vie du peintre Van Schaendel. Il eut un père ! — et c'est de son père que vient la moralité de cette histoire.

Van Schaendel de Malines était un brave peintre de nature morte ; on va voir quel singulier *criterium* le Malinois avait adopté en matières picturales. S'il avait à rendre un lièvre, il fallait que la veille la digne Mme Van Schaendel lui fît manger du lièvre ; le peintre était malheureux au possible quand un bourgeois de la ville lui commandait un tableau de salle à manger en lui donnant la carte de ce qui devait y figurer. Ainsi des choux frisés sur le premier plan, avec une botte de carottes pointues et rougissant comme si elles avaient commis un crime ; dans un coin des oignons. Même sans les éplucher, Van Schaendel en pleurait, car il ne les aimait pas.

Aussi brossait-il ses tableaux de légumes avec une prestesse incroyable provoquée par sa colère intérieure. Dès le matin, sitôt le petit jour, il sautait de son lit, faisait sa palette avec rage et saisissait ses pinceaux avec des mouvements fébriles. Alors il donnait sur sa toile des coups de blaireau comme s'il eût donné de grands coups de sabre; le travail n'allait pas assez vite. Van Schaendel, avec son couteau mince, ce couteau innocent, aussi innocent qu'un couteau de bois d'hommes de lettres, ouvrait le ventre de ses vessies et les jetait sur sa toile. Dans ces moments il ressemblait à David lançant sa fronde contre Goliath. Il ne faut pas avoir grande connaissance des procédés de peinture pour s'imaginer quels résultats le Malinois obtenait par ses furies. Ses tableaux de légumes semblaient avoir été peints par Théotocopouli dans les derniers moments de son existence si folle. Je l'ai assez regardée, au Musée espagnol, la fameuse *Adoration des bergers* de l'halluciné élève du Titien, cette peinture qui a le délire, qui semble avoir le mors aux dents, cette peinture *rageuse* et impossible, qu'on jurerait une fresque de Bicêtre. Eh bien! les légumes de Van Schaendel étaient aussi fiévreux, aussi convulsionnés ; les choux jouaient la catalepsie, les carottes avaient des attaques nerveuses, les oignons surtout dansaient la danse de Saint-Guy. Cela est facile à expliquer ; pendant toute la durée du tableau, le Malinois, fidèle à son système, ne se nourrissait que de légumes, les mêmes qu'il peignait. Il appelait cela « se nourrir de son modèle ; » et il exécrait les légumes !

Les bourgeois flamands ouvraient de grands yeux quand ils recevaient ces aberrations de pinceau ; mais tableau commandé, tableau payé ; d'ailleurs, Van Schaendel, ce peintre si singulier, avait la manie plus réelle de se faire payer d'avance. Van Schaendel fils, qui se croit un Schalken parce qu'il ne peint que des effets de lumière, ne parle qu'avec terreur des tableaux-légumes de son père. Une pareille terreur se comprend : le père et le fils sont le feu et l'eau. Où le père tripotait ses vessies avec des balais, des torchons, ses dix doigts, le fils entre à pas comptés dans l'atelier, ouvre sa boîte avec précaution, dresse une petite palette toute proprette, monte sur son tabouret avec mille simagrées, reste une heure avant d'oser tirer le rideau de serge qui protège sa toile commencée. On l'a vu ne pas travailler d'un jour par la raison qu'une grosse mouche était dans l'atelier. « Ses ailes, disait-il, émeutent la poussière du plafond. Je pourrais chasser la mouche; mais il faudrait ouvrir la porte de l'atelier. Si j'ouvre la porte, la poussière entre; il faudra donner de l'air. Pour donner de l'air, je suis forcé d'ouvrir ma fenêtre à deux battants; c'est impossible; il y a dans l'air des quantités *d'immondices* qui s'abattront sur mes couleurs fraîches. Mon tableau, chargé de ces immondices, sera odieux à la vue. J'aime mieux mettre la toile pendant deux jours à l'abri de *tout*, ouvrir ma fenêtre afin que cette mouche importune aille porter le trouble ailleurs; la mouche partie, j'attendrai le calme des atomes poussiéreux, et quand je me serai promené deux jours, je rentrerai dans mon atelier avec précaution. »

Ces discours de Van Schaendel fils dénote assez quelle conscience il apporte dans ses travaux. Dans un autre ordre d'idées, le père avait la même conscience. Ainsi un bourgeois de Malines vint un jour lui commander le portrait de son grand-père, le bourgmestre Pract : — Je désirerais, dit-il, la plus grande exactitude. — Monsieur Pract, vous savez que je suis l'exactitude même. — J'ai chez moi, dit le bourgeois, une crayonnade d'après le bourgmestre; malheureusement ce n'est qu'un buste; je voudrais que mon grand-père fût peint en chasseur; il aimait la chasse passionnément. — Bon ! dit Van Schaendel, nous lui ferons tenir un fusil, j'ai un fusil du temps. — Je me suis adressé à vous, dit l'homme au portrait, parce que je tiens singulièrement à mettre de la nature morte, par exemple, des animaux dans un carnier, une grosse chasse. — Je vois tout cela d'ici; nous ferons une carnassière rebondie, j'ai aussi une carnassière de cette époque; qu'est-ce que nous mettrons dans la carnassière ? — Un lièvre,

des perdreaux, ce que vous jugerez convenable.
— Vous pouvez compter sur moi, dit Van Schaendel, je me procurerai ces animaux, et je vous promets une chasse abondante. — Eh bien! monsieur, je vous enverrai ce soir le dessin de mon grand-père, afin que vous fassiez d'abord une petite esquisse. Quand l'esquisse sera terminée, nous nous entendrons sur le prix; vous demanderez ce qu'il vous plaira. On ne doit pas marchander avec un homme de votre talent.

Le lendemain, Van Schaendel père, devant son chevalet, était habillé de la façon la plus bizarre, tenant de la main droite un pinceau, de la gauche un fusil de chasse, autour du corps une carnassière en bandoulière avec d'innocents animaux, achetés au marché, qui passaient leur tête endormie pour toujours hors du carnier. Une glace était accrochée à l'un des portants du chevalet, le croquis du bourgmestre à l'autre portant. De temps à autre le peintre consultait le croquis, puis se campait fièrement avec son fusil devant la glace et revenait traduire de son pinceau ces diverses impressions. Il fronçait aussi le sourcil, comme une personne qui n'est pas contente, à laquelle il manque une chose indispensable; et il se touchait les jambes de ses deux mains sur les coutures et marmottait des *ah!* de dépit.

Cependant au bout de deux journées d'un travail constant, l'esquisse se trouva terminée. Van Schaendel partit assez soucieux pour la demeure de Praët, qui admira sans réserve la ressemblance, surtout les produits de la chasse. — C'est très-bien, dit-il, il ne s'agit plus que de peindre mon grand-père sur une toile de vaste dimension. Cinq mille francs vous paraissent-ils convenables, maître Schaendel? — Oh! certainement, dit le peintre, dont la figure ne se déridait pas. — Mais vous avez la mine triste; est-ce que la somme ne vous paraît pas suffisante? — Pardonnez-moi; je suis un peu tracassé par cet habit dans l'ancien croquis. — Que vous importe cet habit? — Je n'en trouverai plus maintenant de cette coupe et de cette étoffe. — Eh bien! vous en peindrez un de fantaisie. — Oh! dit Van Schaendel, qui cria cette exclamation comme s'il eût entendu un ange blasphémer, jamais, jamais... la fantaisie, impossible; je n'ai jamais rien fait de *pratique* (mot du XVIIIe siècle équivalent à *chic*), il me faut un habit absolument semblable à celui-ci. — Si cela vous inquiète le moins du monde, je crois qu'il y a là-haut, dans le grenier, un vieil habit qui me semble bien avoir posé pour ce portrait. — Vite, dit le peintre, dont la figure rayonna de bonheur, envoyez-le-moi quérir!

Un domestique apporta, sur ce désir, un habit fort respectable, qui avait tous les signes de vétusté. D'un coup d'œil le peintre s'écria : « Je le reconnais, c'est l'habit de l'ancien croquis. » Et sans s'inquiéter des convenances, il mit sa veste bas et endossa l'habit du défunt. Ainsi vêtu, il se promenait d'une façon triomphante par la salle et se mirait dans la glace. Jamais on ne vit autant de poussière et de toiles d'araignée acharnées après un vêtement. Van Schaendel ne s'occupait guère de ces détails. Il prit son esquisse peinte, sembla se mirer dedans et s'écria : « Ah ! si j'avais eu l'habit, l'esquisse serait bien mieux réussie ! » Et les culottes, demanda-t-il, ces belles culottes jaunes d'Utrecht à fleurs gaufrées ? — Je n'ai jamais eu vent des culottes, dit Praet. — Diable ! s'écria le peintre, je vois dans le dessin un commencement de culottes qui me font bien envie ; il les faut cependant. — Je voudrais pouvoir les ressusciter, maître Schaendel ; au fait, je crois qu'il y a encore là haut quelques vieilles défroques. Si vous me parliez des vêtements de mon père, rien de plus simple ; je les ai conservés religieusement dans une armoire ; mais ceux de mon grand-père ont disparu, à l'exception de cet habit et de quelques mauvaises loques que je vais voir moi-même à vous procurer.

Pendant que Van Schaendel se carrait dans

l'habit du défunt, le magistrat revenait, apportant un petit paquet d'une forme et d'une couleur indescriptibles. — « Je n'ai trouvé que cela, » dit-il. Le peintre se précipita sur ces débris de dentelles; était-ce jabot, étaient-ce manchettes? La constatation semblait impossible, car le temps avait ajouté de nouveaux dessins aux anciens dessins de ces loques. Les unes étaient rousses comme la queue du diable, les autres noires comme bourdons. Le peintre les tournait et retournait, et son œil connaisseur plongeait dans ces broderies, aussi énigmatiques que des hiéroglyphes, pour en retrouver le sens. Il sépara, après examen, les malines noires des rousses et dit en homme convaincu : « Voilà le jabot, voilà les manchettes. » Vous êtes un fin connaisseur, dit l'homme au portrait; mais j'ai encore retrouvé quelque chose, un bas, à ce que je crois; il n'y en a qu'un malheureusement. — Ah! il est superbe à peindre, dit Van Schaendel.

Effectivement, ce bas dépareillé était d'un travail *paramire*, comme disait le grand Paracelse. Ce bas brodé à jour était aussi ouvragé que les fameuses chaires de bois si communes en Belgique. Une cathédrale gothique s'étalait sur le devant de la jambe, avec toutes ses richesses d'architecture et son *fouillis* de sculpture. La ménagère flamande, assez audacieuse pour construire à l'aiguille ce monument égal en beauté aux plus minutieux travaux des moines du moyen-âge, s'était trompée en offrant cette paire de bas à un simple bourgmestre. Jamais prince n'eut les jambes aussi richement habillées, et le pape seul eût dû chausser cette chose sublime que dix ans de travail assidu avaient pu mener à bonne fin.

Malheureusement le temps, ce grand insulteur des œuvres d'art, avait promené sa faux sur la cathédrale; il était parti emportant, en guise de trophée, au bout de son instrument pointu, toute la rosace du portail, ainsi que les deux courbes du fronton ogival. Van Schaendel poussa un gros soupir à la vue de ces altérations et de ces vandalismes. — C'est bien tout? dit il au magistrat. — Oui, maître Schaendel. — Eh bien! veuillez, je vous prie, me faire compter la somme que vous m'avez offerte; dans six mois, vous aurez un beau portrait.

Tout étant conclu, le peintre mit ordre à ses affaires, dit adieu à son énorme moitié et partit avec une petite malle soigneusement fermée, laquelle renfermait la défroque du bourgmestre et la clé de l'atelier. Il voyagea d'abord par la Belgique; je devrais peut-être dire que Van Schaendel voyagea chez les fripiers, les brocanteurs, les marchands de curiosités. Chaque visite se passait ainsi : le peintre ne quittait pas d'un clin d'œil sa petite malle; il la portait sous son bras gauche, montrait l'ancien dessin d'après son modèle aux brocanteurs et demandait qu'on lui étalât toutes les culottes emmagasinées. Après les culottes, venait l'examen des dentelles suivi de l'apparition du fameux bas. Les culottes et les dentelles ne surprenaient guère les marchands qui ont souvent l'occasion de semblables défroques; mais en voyant le bas, ils tombaient d'émerveillement, hochaient la tête et déclaraient ce bas *unique* au monde.

La Belgique mangea deux mois de temps au peintre, qui ne fut pas sensiblement rebuffé de ses recherches malheureuses, puisqu'il prit le chemin de la Hollande. Dans le pays de l'Escaut, ce fut la même histoire. Van Schaendel ne passa pas devant la plus petite boutique sans y entrer; il mettait à sa besogne un acharnement sans pareil et ne se déroutait pas de la mauvaise figure des marchands qui voyaient leurs boutiques mises comme au pillage par cet infatigable chercheur; car le peintre, malgré les réponses négatives des brocanteurs, à l'aspect du bas mirifique et solitaire, avait la rage d'ouvrir lui-même tous les paquets de hardes, de fouiller dans tous les morceaux d'étoffes ou de morceaux destinés à se transformer en papiers.

La digne Mme Van Schaendel ne revit son mari qu'après quatre mois d'absence. Il était changé par la fatigue et avait la figure inquiète. Il ne raconta pas ses voyages, ses tourments à la Malinoise; il avait pour bonne opinion que les femmes sont incapables de raisonnement pour tout ce qui regarde le métier de peintre. Il ouvrit les portes de son atelier fermées depuis cent vingt jours, et n'en bougea d'un mois, y faisant venir son manger et toutes choses d'utilité hygiénique. Quoiqu'il travaillât constamment, Van Schaendel prenait de nouvelles teintes d'ennui. Le portrait de grandeur naturelle était aussi avancé que possible, et le bourgmestre de Malines semblait vouloir revivre pour longtemps, lorsqu'un matin le peintre se leva la figure terreuse, les yeux rougis comme quelqu'un qui a passé une mauvaise nuit. Il s'assit sur son haut tabouret en face du portrait, et le contempla longuement.

Praët était vivant et d'une toilette splendide, trop splendide même pour un chasseur. Passe encore l'habit, aussi les culottes jaunes d'Utrecht gaufrées, — le seul objet que le peintre eût retrouvé dans ses pérégrinations. On comprend même le jabot fin et blanc, ainsi que les manchettes brodées. Van der Meulen, dans ses tableaux *guerriers*, où le combat semble se livrer dans l'œil-de-bœuf, nous a habitués à bien d'autres anachronismes de fanfreluches. Mais il était impossible de justifier les bas-cathédrales; jamais on n'a vu de chasseurs avec des bas-cathédrales, surtout celui-là, dont le carnier promettait de l'occupation aux broches, aux rôtissoires, et qui avait dû courir par monts et par vaux pour arriver à un résultat aussi plantureux. La chasse avait nécessairement détérioré ces bas si magnifiquement ouvragés, et personne ne compromettrait, au prix d'une chasse de Nemrod, des objets d'art d'une valeur incalculable. Tout le monde, — même les plus bornés connaisseurs, — aurait eu à la bouche ces réflexions; mais la peur d'anachronisme n'était pas ce qui tourmentait Van Schaendel. Son inquiétude venait de ce qu'il avait eu la témérité de peindre un jabot et des manchettes *neuves*, d'après ces sortes d'épluchures de fil rouges et noires, égratignées plutôt que brodées, qui furent retrouvées dans le grenier. Le peintre était au désespoir d'avoir rajeuni le vieil habit si poussiéreux dont les brosses les plus acharnées et les plus aiguës n'avaient pu faire déloger les ordures déposées par soixante-dix années. Pour la culotte de velours, Van Schaendel lui avait donné des couleurs de jeunesse qui juraient avec les tons calmes et *rassis* de l'antique *marronnière* (suivant l'appellation usitée dans le Dijonnais). Le plus cuisant en ce portrait venait des bas-cathédrales. N'en avoir qu'un et en peindre deux paraissait au peintre consciencieux un cas pire que meurtre. Et il n'avait pas assez d'indignation contre sa main droite, la main au pinceau, la main téméraire qui avait eu l'audace de raccommoder le fronton et de rebâtir en entier la rosace, fragments perdus dans le bas unique qui servait de modèle.

Ayant longuement considéré sa toile encore

fraîche, Van Schaendel prit le plus gros de ses pinceaux et le promena avec un acharnement et une furie sans pareils sur le portrait. Jamais les corneilles, si connues pour leur ardeur à abattre des noix, ne dépensèrent telle énergie. Aussi prompts que l'éclair, disparurent la figure du bourgmestre, son fusil, son carnier, son jabot, ses dentelles, ses culottes jaunes et ses bas-cathédrales. Le chasseur fut converti en un chaos de couleurs du plus sale aspect. Quand le portrait fut amené à terminaison si malheureuse, Van Schaendel prit son chapeau, sa canne, et sortit.

Au fait, il avait besoin de respirer un peu d'air pur; on imagine facilement qu'un tel homicide pictural ne se fait pas à tête froide et l'esprit calme. Le peintre avait la fièvre et tout son sang s'était porté à sa figure; quelques Malinois regardèrent avec surprise, du dedans de leur boutique, leur compatriote qui volait plutôt qu'il ne marchait à travers les rues de la ville. Hors de la ville, Van Schaendel, qui ne voyait pas clair, se heurta contre un grand corps dur qui fit entendre ces paroles : « Ah! le maladroit!... Eh ! mais c'est maître Van Schaendel.... Vous sortez donc de dessous terre? » Le peintre fixa de ses yeux hagards le corps heurté et lui cria en continuant sa course : « Votre portrait avance. »

Cette affirmation montre assez à quel degré était arrivé le dérangement de l'esprit du pauvre peintre, qui, rencontrant le petit-fils du bourgmestre, lui disait : « Votre portrait avance, » après lui avoir fait subir une mutilation si complète une demi-heure auparavant.

Cependant il n'est course qui n'ait son terme ; les chevaux les plus fougueux se brisent contre un obstacle et s'arrêtent court. Van Schaendel tomba de lassitude sur le gazon. Il était tout pantelant et respirait d'une façon aussi précipitée qu'un epagneul anglais qui a suivi le lièvre pendant une heure. Bientôt revint ce calme flamand que le seul Rubens ne paraît pas avoir eu en partage. Un petit ruisseau clairet qui courait dans un fossé sembla attirer toute l'attention de Van Schaendel, qui resta jusqu'à la tombée du jour à regarder les moindres petits accidents qui troublent la quiétude de l'eau : une mouche noyée qui se laisse aller à la dérive, une grenouille curieuse qui abandonne son empire pour s'extasier avec ses grands yeux devant les herbes vertes du pré. Mais cette attention du peintre pour les choses de la nature n'était qu'extérieure ; toute son attention était tournée au-dedans de son cerveau, où se promenait M. le bourgmestre tout nu, tenant d'une main un paquet de vêtements du plus beau neuf, de l'autre main un tas de hardes qui n'étaient autres que celles du grenier. Le bourgmestre, quoique logé à l'étroit dans le crâne du peintre, entrait dans des discours sans fin : — c'était un homme fort bavard de son vivant ; — il plaidait le pour et le contre, deux causes à la fois ; tour à tour il présentait ses habits neufs avec une dissertation sur l'emploi à en faire ; et il montrait ensuite ses vieux habits avec des raisonnements non moins concluans. En résumé, le bourgmestre, homme prudent, faisait valoir les deux avis sans se prononcer pour l'un ou pour l'autre. Le peintre, constitué en jury, avait à résoudre cette terrible question : « Choisis si tu l'oses. »

Van Schaendel se leva brusquement et retourna dans la direction de la ville ; il était plus gai que le matin, son pas était plus calme et moins fou ; le sang de la figure était redescendu dans les canaux habituels. Après une grasse nuit, Van Schaendel se leva au petit jour, ouvrit sa cassette et endossa toutes les vieilleries du feu bourgmestre, et l'habit poussiéreux, et les culottes jaunes, et les manchettes rousses, et le jabot sali, et le fameux bas-cathédrale. Est-il besoin de dire que la jambe gauche resta nue, tandis que la droite se pavanait dans le monument de dentelles qui malheureusement montrait par la rosace détruite le genou du peintre?

Le doute seul rend longue la besogne. Van

Schaendel, qui était sûr de tous ses effets, peignit avec une vitesse incroyable le portrait commandé. Ce fut un chef-d'œuvre de couleur. Quand il fut sec et convenablement verni, monsieur le bourgmestre, sur les épaules de deux porteurs, fut conduit en triomphe chez son petit-fils.

Van Schaendel, le soir à son dîner, était en train de dévorer un friand morceau de jambon fumé avec tout le contentement et le laisser-aller d'un homme qui a terminé une grande œuvre, lorsque Praet entra. Un homme qui tomberait de la lune n'aurait pas figure plus étonnée et plus stupéfaite. Le peintre le regarda et lui dit : Qu'y a-t-il?... vous me paraissez tout renversé. — Le portrait!... le portrait!... le portrait!..., s'écria le descendant du bourgmestre. — Serait-il crevé? dit Van Schaendel. — Non. — Eh bien! vous l'avez reçu. — Hélas! oui.

Après bien des explications, Van Schaendel comprit que le petit-fils se plaignait de ne pas avoir le portrait d'un bourgmestre, mais le portrait d'un homme de mauvaises mœurs, d'un coureur d'aventures, d'un voleur de grand chemin. — Oh! dit le peintre, vous ne l'avez pas regardé. — Au contraire, je ne l'ai que trop regardé... Il a une jambe nue, mon grand-père... un magistrat avec des accrocs partout... ce n'est pas possible.

Le possesseur du portrait supplia vainement le peintre de remettre son grand-père à neuf; jamais Van Schaendel n'y voulut consentir, ne sortant pas de son système exclusif de l'imitation des objets dont il avait la possession.—Au moins, dit le petit-fils, par grace, mettez un second bas aux jambes de mon grand-père. — Je veux bien, dit le peintre, mais vous me fournirez la paire complète. — Puisque vous ne peignez les objets que d'après nature, dit l'autre pour ultime raison, mettez le seul bas que nous ayons à votre jambe gauche. — Impossible, répondit le peintre; j'aurai alors la droite nue, jamais je n'arriverai à les mettre d'ensemble.

Un curieux et comique procès s'ensuivit, l'homme au portrait produisant ses preuves et alléguant la folie de Van Schaendel que lui et d'autres avaient pu voir courir à toutes jambes dans la ville ; mais le demandeur fut débouté.

Ce portrait resta dans le grenier du bourgeois Praet, indigné d'avoir sous les yeux un de ses ancêtres, magistrat d'une vie pure et irréprochable, habillé et débraillé comme un joueur qui a perdu son dernier écu. A sa mort, le portrait passa au musée de La Haye, où les touristes admirent encore cette splendeur de déguenillement, sans se douter, — car le catalogue ignorant n'en dit rien, — qu'il y a là-dessous un bourgmestre et un peintre à systèmes.

11 juillet 1847.

FEU MIETTE.

A M. Édouard Thierry

FEU MIETTE.

—

Le Pont-Neuf, le plus vieux des ponts, a été *étrenné* par Brioché, saltimbanque. Brioché fut le premier qui exécuta des tours sur le Pont-Neuf. Après lui vinrent d'autres saltimbanques, des comédiens en plein vent, des montreurs de marionnettes, des arracheurs de dents. C'était le meilleur endroit de Paris pour les recettes. La statue d'Henri IV érigée sur le terre-plain, le préfet de police interdit le pont aux saltimbanques. Mieux valaient les saltimbanques. Ils étaient du moins plus divertissants que ce bronze, œuvre de quelque Marochetti de la restauration.

Miette vint un jour s'emparer de l'héritage de Brioché; il alla s'établir au bas du Pont-Neuf, sur le quai des Augustins. Il est là depuis vingt-cinq ans; il le dit avec orgueil, et il a raison. Trouvez-en beaucoup de comiques qui aient conservé la faveur du public aussi longtemps? La raison de ce succès tient à des causes occultes. Ce ne sont pas la *Poudre persane*, le taffetas pour les cors, les escamotages et le *pallas* de Miette qui ont fait son succès; son succès, il le doit au magnétisme qu'il exerce sur ses spectateurs par deux yeux petits et brillants d'où s'échappe une flamme qui fascine l'auditoire.

Miette sait bien quelle influence il a sur son public, mais il ne s'en rend pas compte. Dans la vie privée, il a l'œil d'un honnête homme, d'un rentier, d'un père de famille; ce n'est que le soir qu'il darde ses prunelles insidieuses. Il y a cinq ou six ans, un directeur d'un petit théâtre, le Luxembourg, s'il m'en souvient bien, vint faire des offres à Miette. On avait écrit une pièce pour lui, dans laquelle il devait réciter son *boliment* habituel. Les propositions étaient avantageuses. Miette refusa. — Monsieur, dit-il, je suis escamoteur, je ne veux pas être comédien !

Au premier abord, cette réponse paraît digne des temps antiques; elle n'est que rusée. Miette craignait le gaz; il craignait plus encore de ne pas retrouver ce public vierge, ce public naïf qui l'écoute la bouche ouverte, qui est plus attentif à ses moindres paroles qu'à un cri de rage de Frédérick Lemaître, à un cri de douleur de Mme Dorval.

Dans la journée, rien ne révèle l'existence du grand Miette. Seulement, la place où il *exerce*, le soir, est occupée par un petit étal sur lequel sont exposées diverses porcelaines, les unes neuves, les autres cassées. Une bonne femme garde cette boutique en raccommodant force nippes. Saluez !

passants, cette femme est madame Miette; oui, madame Miette, la légitime épouse du saltimbanque. Vous la reconnaîtrez, l'été, à un vaste chapeau de paille qui protège du soleil sa bonne vieille tête ridée. L'hiver, elle porte assez ordinairement une marmotte ornée d'agréments en plumes noires, comme en mettent à leurs chapeaux les charbonniers. Donnez-lui vos porcelaines à raccommoder, mais ne lui parlez que peu; surtout évitez de l'interroger sur son mari. Elle cause peu habituellement; mais quand il s'agit de son mari, elle devient âpre, révêche, et se sert d'une concision de langage telle qu'on pourrait la qualifier de mutisme.

Mme Miette *croit* à son mari. Trente ans de ménage n'ont pu affaiblir son enthousiasme. Singulier privilège du génie masculin! Depuis vingt-cinq ans, elle assiste à ses *exercices*, et elle les trouve toujours agréables et nouveaux. Elle ne se mêle pas aux travaux de Miette : elle s'y associe à la manière des chats qui occupent le premier plan de la barraque de Polichinelle, et qui en jouissent sournoisement sans faire mine de les regarder.

Sitôt que l'horloge de la Vallée a annoncé aux libraires du quai la cinquième heure du soir, Miette arrive. Il ôte sa redingote et endosse une petite veste d'artilleur dont les avant-bras sont coupés. Cet habit coupé, dont on ne se rend pas compte d'abord, indique assez l'habileté de l'escamoteur et le mépris qu'il montre pour le charlatanisme. A un certain cri lancé dans les airs et obtenu sans *pratique*, les habitués accourent. Le fond des habitués se compose de jeunes vauriens du faubourg Saint-Germain, des apprentis de tout âge et de tout état. Les soldats qui vont aux Champs-Elysées dans le seul but de voir des arracheurs de dents, s'empressent de profiter d'un saltimbanque aussi proche. Les paysannes, les bonnes d'enfants se groupent. Le public est complet.

Miette, pour *allumer* l'assistance, commence

par des tours d'escamotage. Il ne manque pas un jour d'exécuter le tour de la poule, avec imitation de ce volatile en travail d'enfantement. Vient ensuite le chapeau d'Adam, qui consiste à donner à une casquette vingt formes différentes. — « Le chapeau de nos pères, s'écrie Miette en se coiffant de la casquette affectant deux formes bien accusées de cornes, ce qui met l'assemblée au comble de la jubilation. »

La corne n'a jamais manqué son effet.

On rit de la corne le même soir aux Français et aux Funambules.

Une comédie où il n'y aurait pas de cornes n'aurait pas grandes chances de succès.

Les pièces où un mari passe sa tête par un œil-de-bœuf au-dessus duquel est suspendu un bois de cerf, sont à peu près assurées de cent représentations.

La corne sera toujours le comble du drôle, et le plus comique des effets comiques connus. — Nous, qui n'avons jamais compris la finesse et le sel de cette plaisanterie édentée, nous pardonnons à Miette d'employer un moyen de succès aussi vulgaire. C'est là, du reste, le seul reproche sérieux que nous lui faisons.

Tout en faisant ses tours d'escamotage, Miette commence ainsi : (1)

« Je ne vous dirai pas que je suis l'élève de Mlle Lenormand...
» Mlle Lenormand n'a jamais fait d'élèves. Je ne vous dirai pas
» que je suis le gendre ou le successeur du célèbre Moreau ;
» *mossieu* Moreau n'a jamais eu ni gendre ni successeur. Mais
» qu'es-tu donc, alors? Messieurs, je n'emprunte le nom à
» personne, je me nomme du mien, je suis MIETTE, l'un
» des sept fils du dragon de Paris. Feu mon père était esca-
» moteur, mon frère était escamoteur, je suis escamoteur, je
» demeure rue Dauphine, n° 12, maison du marchand de vins,
» ce qui ne veut pas dire que je demeure chez le marchand de
» vins, c'est au contraire le marchand de vins qui demeure
» chez moi... J'ai travaillé trois fois devant l'ambassadeur de
» Perse, mais je ne me targuerai point de ce vain titre pour

(1) Ces discours que je tâche de rapporter avec une grande fidélité, ne seront peut-être pas intéressants pour le public qui n'a pas entendu Miette. Il y manque le ton ; il y manque la vie de l'acteur. On doit nier tout acteur mort. Si les vieillards savaient quels ennuis ils font éprouver à leurs auditeurs avec Lekain et Talma.

» vous dire que c'est l'ambassadeur de Perse qui m'a découvert
» le secret de la POUDRE PERSANE .. Il ne m'a jamais parlé ..
» D'ailleurs l'eût-il fait, je ne l'eusse pas compris, car il m'eût
» parlé persan, et je l'avoue à ma honte, je n'ai point étudié
» les langues orientales; mais ce fut un des officiers de sa
» maison, mossieu *Ugene* BARRRBARRROUX.. Curieux d'ap-
» prendre à faire des tours, il m'en demanda et je les lui
» démontrai. C'était un élève agréable .. Il ne me payait pas
» avec des pommes-de-terre. (*Miette tire des pommes-de-*
» *terre de dessous les gobelets*) Et voici des pommes-de-
» terre. Il ne vous tirait pas de carottes, (*il fait surgir une*
» *carotte*,) et voici des carottes; mais il y avait de l'ognon,
» (*même jeu*.) et voici de l'ognon; aussi me faisait-il des
» compliments. Il me disait : *Mossieu* MIETTE, pour les tours
» de passe-passe et de gobelets, à vous le pompon (*il montre*
» *le pompon*), et voici le pompon ! J'en étais donc très-content,
» aussi vrai que voici la petite balle (*il escamote la petite*
» *balle*), la moyenne balle (*même jeu*), et leur camarade la
» grosse balle (*même jeu*). Un jour je me présentai chez lui;
» il était en train de se nettoyer les dents. Cela ne m'étonna
» pas, la propreté de la bouche étant de tous les âges et de
» toutes les nations; mais ce qui m'étonna, c'est ce qui va
» vous surprendre, c'est ce que, depuis trente-cinq ans que
» j'exerce sur cette place, je n'ai point encore vu ailleurs... La
» poudre dont il se servait était blanche comme de la neige
» (*il ouvre une boîte et la montre en faisant le tour du*

» *cercle)*; à peine introduite dans la *boche*, elle devenait » cramoisie comme de la lie de vin » (*Il introduit dans sa bouche un linge frotté de poudre persane, s'en frotte les dents et fait le tour du cercle en montrant au public le linge devenu rouge. Il tient aussi la bouche ouverte de manière à faire voir ses dents*) « Voici, je l'espère, du cramoisi (*Il* » *remet la boîte en place*) Curieux de ce phénomène, je » m'en informai, il me le dit, et je l'ai gardé pour moi... Voilà » tout mon talent. Tant que l'ambassade de Perse resta en » France, je ne parlai plus à personne; une fois qu'elle en fut » partie, je me présentai à l'académie *rrroyale* de ML-DL-CINE, » j'exposai ma recette et j'obtins mon brevet, ce n'est pas » plus malin que ça.. La POUDRE PERSANE, Messieurs, n'a » que cinq propriétés; mais elles sont irrécusables (*pause*). » Elle blanchit en deux minutes, montre en main, les dents » les plus noires (*pause*). Elle calme à l'instant la douleur de » dents la plus vive (*pause*). Elle corrige la mauvaise haleine, » toutefois et *quantes* la mauvaise haleine n'est point le pro- » duit de la putréfaction de l'estomac (*pause*). Elle raffermit » les dents ébranlées dans leurs alvéoles, en arrête la carie, » en enlève le tartre et le tuf *(pause)*. Les dents sont un des » agréments de la physionomie.. Une bouche qui est dé- » meublée n'en offre plus, et pourtant les dentistes vous les » arrachent. L'homme le plus hardi tremble à la vue des ins- » truments qu'il faut introduire dans la *boche* pour opérer » l'extraction de la dent la plus simple. » *(A ce moment, Mlette déroulait une trousse de dentiste dans laquelle se trouvaient des instruments énormes et rouillés, espèces de tire-bottes monstrueux qui faisaient frissonner l'auditoire, Mielle se plaisait à prolonger la terreur en gardant le silence le plus complet, en promenant ces appareils de terreur devant toutes les bouches des curieux, qui se fermaient instinctivement.*) « Me direz-vous que vous voyez entrer » ces instrumens de sang froid dans la *boche? (Nouvelle » promenade autour du cercle avec la terrible trousse)* Non. » Eh bien! gardons les ornements que la nature nous a dé- » partis, sans nous livrer aux mains barbares des opérateurs. » La POUDRE PERSANE nous épargne ces désagréments, et » voici la manière de s'en servir : Vous prenez un linge blanc, » de lessive que vous enroulez autour du doigt comme ceci » (*il opère en même temps et montre chaque exercice à la » ronde*); vous le trempez dans l'eau, l'appliquez sur la » BOATTE, l'introduisez dans la *boche* et vous frottez les » dents avec.. puis vous prenez une gorgée et vous rincez (*il » l'avale; marque d'étonnement*). Comment, quoi, c . .., tu » l'avales? Oui, Messieurs, la POUDRE PERSANE laisse dans » la *boche* une odeur si suave, si exquise, si agréable, que » je ne suis pas assez ennemi de mon estomac pour l'en priver » volontairement .. Avec toutes ces qualités, la POUDRE PER- » SANE coûtera donc bien cher? Non, Messieurs, nous l'avons » mise à la portée de toutes les bourses Il y a des *bodtes* de » un franc cinquante centimes ou trente sous (*pause*) Il y a

» des *boîtes* de un franc ou vingt sous, qui sont les deux tiers
» des *boîtes* de trente (*pause*). Il y a des *boîtes* de soixante-
» et-quinze centimes ou quinze sous, qui sont les deux tiers
» des *boîtes* de vingt et la moitié des *boîtes* de trente (*pause*).
» Il y a des *boîtes* de cinquante centimes ou dix sous, qui
» sont les deux tiers des *boîtes* de quinze, la moitié des *boîtes*
» de vingt et le tiers des *boîtes* de trente (*longue pause*).
» Enfin, Messieurs, il y a des *boîtes*, dites *boîtes* d'essai ou
» d'épreuve, et que je ne vends que dix centimes ou deux
» sous (1). Messieurs, si la POUDRE PERSANE n'a pas rendu
» blanches en deux minutes, montre en main, les dents les
» plus noires, si elle n'a point arrêté la carie, si elle n'a
» point enlevé le tartre et le tuf.. si elle n'a point corrigé la
» mauvaise haleine, toutefois pourtant que la mauvaise ha-
» leine ne provient pas de la putréfaction de l'estomac .. si
» elle n'a point raffermi les dents dans leurs alvéoles, rendu
» leur couleur naturelle aux gencives... si elle n'a point enfin
» calmé en un clin d'œil la douleur de dents la plus vive,
» entrez dans ce cercle, démentez-moi, traitez-moi de fourbe
» et d'imposteur, prenez mon ordonnance, déchirez-la et
» jetez-m'en les morceaux à la figure.. Au cas contraire,

(1) Les jours où il se vendait peu, il cherchait à humilier les pratiques qui n'achetaient que des boîtes de deux sous, en appuyant fortement sur ces mots « une *boîte* de deux sous à [illegible] », au lieu de se servir du terme poli de *boîte d'essai* qu'il employait seulement dans les occasions de forte vente.

» Messieurs, dites-le à vos amis et connaissances, et rendez
» moi justice ! »

Mais ce qui a fait le malheur de Miette, ce qui l'irrite quotidiennement, ça été l'invention de la *lime chimique* pour la destruction des cors. Tous les soirs, il se répand en imprécations contre la lime chimique. Ne serait-ce point là un bas mouvement de jalousie, car Miette s'occupe aussi de la guérison des cors, oignons, durillons *et autres* (sic), qui font le désespoir de tout homme qui descendrait assez gaîment le fleuve de la vie sans ces infirmités de bas étage.

« Mais on vous dira peut-être, ne l'écoutez pas, c'est un
» charlatan . Charlatan! (*Avec indignation contenue*) Savez-
» vous, Messieurs, ce que c'est qu'un charlatan, la liste des
» charlatans est entre les mains de *mossieu* le procureur du
» roi et non point sur la place publique. — Un charlatan est
» un homme qui promet ce qu'il ne peut pas tenir. — Dé-
» couvertes universelles? — *Charlatans!* Un homme ne sau-
» rait tout découvrir à lui tout seul. Eh bien! et les autres,
» ils seraient donc là les bras croisés à le regarder faire. —
» Allons donc!! Panacées, remèdes à tous maux? — *Char-
» latans!* Un remède qui est bon pour une maladie n'est pas

» bon pour une autre. Me ferez vous croire que vous guérirez
» le mal de tête avec ce qui guérit les cors aux pieds — Char-
» latans, et qui plus est, charlatans imbéciles

» Ils l'ont pourtant essayé. — Ils ont pris vos pieds pour des
» barres de fer; et la preuve, c'est qu'ils les ont limés. —
» Vous irez donc, quand vous souffrirez d'un cor, chez le ser-
» rurier voisin, poser le pied sur son enclume, et lui direz :
» limez-moi mon cor!!! *Charlllatans.* Oui, Messieurs, il y a
» bien un moyen de guérir les cors; mais ce n'est point avec
» leur *lime chimique*. — Lime chimique! Pourriez-vous me
» dire ce que c'est qu'une lime chimique? vous m'obligeriez
» infiniment (*s'adressant à un gamin.*) Peux-tu me le dire,
» toi? — Non, tu n'en sais rien, ni moi non plus. — J'ai con-
» sulté Boiste, Vailly, Restaut, Poche (*il confondait avec le
» dictionnaire de poche*), Napoléon Landais, le dictionnaire
» universel, le dictionnaire de pharmacopée, et nulle part je
» n'ai trouvé ce mot *lime chimique*. Est-ce donc à dire que
» la lime chimique n'existe pas? Si, Messieurs, malheureu-
» sement elle existe, mais elle ne sert à rien qu'à faire des
» dupes; car, que peut avoir de commun un composé de bois,
» de verre pilé, de vermillon pour la rendre rouge, d'indigo
» pour la rendre bleue, aveo les cors aux pieds qui sont un
» produit des humeurs cynoviales. Répétons-le donc; limes
» chimiques, *charlatans!* — Mais ils ont vendu cent mille
» limes chimiques à un franc la lime, cela leur a fait cent
» mille francs avec lesquels ils ont passé pied en Belgique.

» Voulez-vous savoir où se trouve le dépôt général des limes » chimiques? Doubles guides sur la route de Bruxelles.

» Oui, Messieurs, les cors se guérissent, et j'en ai le moyen. » — Je ne l'ai pas inventé, je n'ai rien inventé; mais je l'ai » pris dans un livre que voici et que vous pouvez vous procurer » comme moi. Il se vend cul-de-sac Faron, à l'enseigne du » Chat-qui-Pelotte. — Imprimé à Paris en 1738, par *mossieu* » Laforêt, chirurgien pédicure de Sa Majesté Louis XV, » membre de l'académie de médecine de Paris, de celle de » Montpellier, de la société libre des sciences de Turin, et de » plusieurs autres têtes couronnées et corps savants; celui-là » n'était pas un *Charlatan*. Le remède qu'il donne est bien » simple, vous pouvez le préparer vous même comme moi; » car je vais vous en dire la recette.

» Il se compose de :

» Térébenthine. . . . . 8 gros.
» Gentiane . . . . 2 grammes.

» Tout cela compose le ciroëne royal. Si vous ne voulez pas » vous donner la peine de le faire vous-même, je me la suis » donnée pour vous.

» Avec ce morceau de ciroëne qui vous coûtera deux sous, » vous aurez de quoi guérir trois cents cors aux pieds. Pour » le franc que vous aurait coûté la lime chimique qui n'a ja- » mais guéri un cor, vous aurez de quoi en guérir radicalement » *six mille*.

» Rentré chez vous le soir, vous défaites votre chaussure,
» vous mettez le pied à nu, vous le dégagez de sa sueur, vous
» coupez sur le ciroëne un emplâtre de la grandeur du cor,
» vous l'amollissez avec votre haleine et l'appliquez dessus en
» entortillant l'orteil d'un linge pour qu'il ne s'en aille pas.
» Le lendemain matin le cor est-il guéri? — Non, mais il ne
» fait plus de mal.

» Répétez plusieurs jours de suite, et le cor sera radica-
» lement guéri »

Une des preuves du génie de Miette, c'est qu'il n'emploie pas de compères. Il travaille seul. Ce n'est pas lui qui se servirait d'un *pitre* grossier qui arrête un public grossier, par de sales histoires remplies de mots obcènes. Il sait qu'il a un public jeune, et il ne s'est jamais permis le moindre mot à double entente, n'étaient les cornes, sa seule faiblesse. Et qui n'en a pas?

Miette est petit et gros. Son *sac à la malice* est attaché par des cordons qui s'enroulent difficilement à sa taille. Il a un petit nez en l'air d'une grande finesse de dessin, qui est bien un nez d'observateur. Chose étonnante, Miette a très peu de front ; joignez à cela l'habitude de faire avancer sur les yeux une touffe de cheveux grisonnants. La puissance de son œil est masquée par deux paupières très-avancées, qui forment presque deux écailles d'huitre. Comme toutes les personnes qui ont des paupières de cette nature, il est obligé de rejeter un peu sa tête en arrière, pour regarder en face. Une de ses épaules est un peu plus forte que l'autre, ce qui a fait avancer à quelques envieux, sans doute, que Miette était bossu. Les gens de génie ont toujours eu des détracteurs! Miette n'est pas bossu, mais il en a l'esprit.

Son organe lui a été très-utile ; aussi, faut-il l'avoir entendu au moins cinq fois pour comprendre la domination qu'il exerce sur les masses. La voix de Miette est aigre et stridente ; on la croirait le fruit des amours d'une girouette et d'une crécelle. Cette voix rend merveilleusement chaque phrase ; elle s'enfle, elle arrive à un *crescendo* extraordinaire pour le mot de la fin qui retentit longuement dans les airs, comme s'il était répercuté par un écho.

Dans son intérieur de la rue Dauphine, Miette devient simple comme bonjour. Il est très-aimable avec les personnes qui vont lui rendre visite. Il apprend à faire des tours de cartes — encore un *moyen de se rendre agréable en société*. Il parle avec enthousiasme de Napoléon, dont il possède le portrait. Il raconte volontiers la connaissance qu'il fit *avec* Carle Vernet. Miette alors était obscur; il ne s'était pas encore trouvé. Carle Vernet, grand chercheur de figures curieuses pour ses caricatures, le rencontra faisant des tours de gobelets, mais entouré d'un public pâle. « Il attendit jusqu'à la fin, dit Miette, et il me proposa de me faire mon portrait. Vous pensez bien, monsieur, que j'acceptai. Nous entrons chez le marchand de vins du coin. Le peintre fait venir une bouteille à quinze. Nous buvons, le voilà qui se met à en conter de toutes les couleurs, il fait des calembourgs, j'en ris encore.

Et puis il me dit : — C'est fini, voici cent sous pour ta peine... — Je ne voulais pas recevoir, moi, de l'argent d'un homme si amusant, que c'était moi plutôt qui devais le payer. — Bon, que lui dis en riant, vous êtes artiste, j'en sais quelque chose, vous n'en avez pas de trop pour vous... Ah! bien oui, il n'entend pas tout ça; il ne veut pas reprendre sa monnaie... Moi, je veux payer le vin... le vin était payé... — Ah! ça, camarade, je lui dis, je me fache pour de bon; nous allons redoubler... Garçon, une autre bouteille à quinze... Figurez-vous, monsieur, qu'il était sauvé avec le portrait, sans crier gare, sans me laisser son nom... Qu'est-ce que je vois un jour à l'étalage de Martinet, mon portrait tout craché, ma ressemblance, quoi!... Il y avait un nom au bas, Carle Vernet... J'entre chez le marchand; il me dit que c'est un grand peintre qui fait de la caricature pour s'amuser... Je *suis été* trois, quatre fois chez lui, on ne le trouvait jamais; c'est si coureur, ces artistes... Enfin, monsieur, il m'a porté bonheur ; on a voulu voir si je ressemblais à la caricature... Il y a peut-être de ça huit ans, je travaillais sur le quai. Un vieux monsieur bien mis, décoré, s'arrête à m'écouter. — Je connais ce vieux-là, que je dis à ma femme.

» Après la séance, il me dit : Vous ne me reconnaissez pas, mon brave. — Attendez donc un peu, je réponds, je vous ai vu quelque part... Ah ! vous êtes M. Carle Vernet, je gage. — Vous avez la mémoire des physionomies, dit-il en riant. — Oui, et j'ai encore la mémoire d'autres choses. Pourquoi que vous vous êtes couru comme ça de chez le marchand de vins, l'autre fois... — L'autre fois, il y a dix-huit ans de cela. Il avait raison ; il était bien vieilli, bien cassé. Je n'ai pas osé lui offrir une bouteille, c'était bon dans le temps que je ne le connaissais pas. — Eh bien ! les affaires qu'il me dit. — Là, M. Carle, ça va et vient, je ne me plains pas. — Allons, tant mieux, mon ami, et il me donna une poignée de mains... Depuis, j'ai su que ce pauvre vieux M. Carle était mort... Ma parole, j'ai pleuré... Tenez, j'ai là son portrait que j'ai acheté... Ah! le brave homme. Il paraît qu'Horace Vernet est son fils... Ah! sacristi, en voilà un particulier pour la bataille. J'ai vu son fameux tableau de la Smalah. Eh bien, monsieur, je ne demande qu'une chose avant de mourir, c'est de pouvoir dire au fils que je pense toujours à son brave père Carle. »

Miette était ému en me racontant cette histoire. Je le quittai en songeant à ce grand cœur qui battait sous un habit de saltimbanque, et je compris alors cette phrase à la Bossuet, cette pensée qu'on jurerait écrite par La Rochefoucault et que Miette a le courage de crier tous les soirs en plein air :

« UN ESCAMOTEUR EST UN HOMME QUI EST PÉTRI DU MÊME LIMON QU'UN MARÉCHAL DE FRANCE. »

On devrait écrire, en lettres d'or, cet axiôme

sur le tombeau de Miette, au cas où il aurait un tombeau.[1]

6 octobre 1845

(1) Mon admiration pour Miette date de loin. J'ai connu le célèbre escamoteur, il y aura tantôt sept ans. Alors j'étais commis-libraire sur le quai des Augustins; bien des fois mon patron me surprit la bouche ouverte, — qui est le signe de la plus profonde attention — devant les tours de Miette.

Il n'est plus, hélas! J'ai appris l'an passé, en province, sa fin. Le convoi était triste et peu nombreux; personne n'a récité de discours sur la tombe du saltimbanque. Que ceci lui serve d'oraison funèbre!

PROFILS

DE BOURGEOISES.

A M. Paul Crubalhe.

M. OUDIN, employé à la mairie; physique d'un homme qui porterait constamment une plume derrière l'oreille.

Mme OUDIN (Félicité); avant le mariage, elle était une demoiselle Trousseau.

Mme PRECHARMANT; d'une bourgeoisie plus relevée et de meilleures manières que Mme Oudin.

Mlle JULIE MONDAIN, vieille fille sans emploi; passant la journée chez ses connaissances pour ne pas user de bois; reçue partout par crainte de ses mauvais propos. Faux tour. Elle prise.

M. PRETEND, célibataire de 45 ans, bavard, ayant des prétentions à la jeunesse. Ne quitte son chapeau blanc que le 30 octobre.

PROFILS

DE BOURGEOISES.

(*La scène se passe rue Coquillette, chez M. Oudin.*)

SCÈNE Ire.

Mme Oudin, Mme Précharmant.

Mme OUDIN.

Vous dites, madame Précharmant, que madame Joret-la-jeune est morte. C'est étonnant, il n'y a pas huit jours encore, elle avait apporté son tricot ici pour travailler.

Mme PRECHARMANT.

C'est le médecin qui l'a tuée. Figurez-vous, ma chère dame, qu'on lui faisait prendre des bains deux fois par jour. Les bains affaiblissent ; elle ne mangeait pas avec ça.

Mme OUDIN.

Je ne m'étonne plus alors ; du reste, les médecins n'en font pas d'autres.

Mme PRECHARMANT

C'était une bien brave femme.

Mme OUDIN.

Ouh! ouh! il y avait des jours.

Mme PRECHARMANT.

Bonne tout à fait avec les pauvres.

Mme OUDIN.

Ça ne lui coûtait pas cher, elle était dame de charité; vous savez, il y a des dames de charité..... je m'entends,

Mme PRECHARMANT.

Croyez-vous?

Mme OUDIN.

Oui, oui, quand on touche à la pâte, il en reste toujours après les doigts.

Mme PRÉCHARMANT.

Ah! qu'est-ce que vous me dites là?

Mme OUDIN.

Ce que j'en dis, voyez-vous..... Enfin c'était l'opinion du quartier.

Mme PRECHARMANT.

Tiens, moi je l'aurais crue plus honnête. Et son mari?

Mme OUDIN.

En voilà encore un qui n'a pas pour deux liards à vivre. Il tient à la vie par un fil; du reste, ça ce voit sur sa figure. Madame Joret-la-jeune croyait bien qu'elle l'enterrreait, allez. C'est une vraie squelette cet homme-là.

Mme PRÉCHARMANT.

Nous avons des personnes qui prétendent qu'il mange peu.

Mme OUDIN.

Le matin, elle lui faisait des pommes cuites;

à midi, souvent il prenait un œuf à la coque; et le soir à dîner, ça faisait pitié de le voir manger.

Mme PRÉCHARMANT.

Oui, c'est trop peu pour un homme.

Mme OUDIN.

Ne dites pas ce que je vais vous dire. Sa femme est morte hier, et je me suis laissé dire qu'il pensait déjà à se remarier.

Mme PRÉCHARMANT

Ah! quelle horreur! et peut-on sans indiscrétion, vous demander avec qui?

Mme OUDIN.

Quant à ça, je n'en sais rien; le vieux cachait son jeu. (*Mystérieusement.*) Il avait des intrigues en ville.

Mme PRECHARMANT.

Oh! Un homme si chétif que ça!

Mme OUDIN.

Mais qu'est-ce qui va avoir un fameux pied de nez, c'est Mlle Nonotte et Mme Souvent, les deux sœurs de la défunte. Si M. Joret-le-jeune se remarie, adieu la succession. Ces gens-là croyaient déjà tenir l'argent; ils se disaient : — V'là ma sœur morte, son mari n'ira pas longtemps. Je sais tout ça, moi, que même aujourd'hui les deux belles-sœurs se battent froid, pour des robes que Mme Joret-la-jeune aurait laissées.

Mme PRECHARMANT.

Alors, c'est bien fait qu'il se marie.

SCÈNE IIe.

Mme PRECHARMANT, Mme OUDIN, JULIE MONDAIN, *entrant*

JULIE MONDAIN.

Bonjour, Mesdames; qu'est-ce que je viens d'apprendre; Mme Joret la jeune est morte? Vous devez savoir un tas de choses, Madame Oudin, vous qu'êtes voisine. Contez-moi ça.

Mme OUDIN.

Ah! mon Dieu! je ne sais presque rien. Voulez-vous du feu dans votre couvé?

JULIE MONDAIN.

Oui, il fait si froid que j'en ai la *piquette*. Nous aurons bien froid, demain, à l'enterrement, car nous irons.

Mme OUDIN.

Je crois bien. C'est égal, moi, je n'aime pas les enterrements.

JULIE MONDAIN.

Il faut bien que chacun y passe.

Mme PRÉCHARMANT.

C'est ce que disait le nouveau vicaire qui a prêché dimanche dernier.

Mme OUDIN.

A propos, comment est-il, prêche-t-il bien?

JULIE MONDAIN.

C'est un jeune curé qui a bon ton, bonnes manières; bien sûr qu'il invente tout ce qu'il dit. Et puis, il a l'air si doux.

Mme PRÉCHARMANT.

Oh! oui, c'est un orateur; et il a salué les

dames en s'en allant. C'est étonnant comme le temps passe chez vous, madame Oudin; déjà trois heures, et ma soupe qui n'est pas sur le feu! Il faut que je m'en aille.

Mme OUDIN.

Alors, je ne vous retiendrai pas; je sais ce que c'est; si M. Oudin ne trouvait pas sa soupe prête en rentrant, il ferait des cris de paon.

Mme PRECHARMANT.

Allons, Mesdames, nous nous reverrons demain à l'enterrement. (*Elle sort.*)

SCÈNE IIIe.

JULIE MONDAIN, Mme OUDIN.

Mme OUDIN.

Avez-vous idée d'une pareille jacasse?

JULIE MONDAIN.

A propos, avez-vous remarqué sa robe?

Mme OUDIN.

C'est ce que j'allais vous dire. Encore une robe neuve.

JULIE MONDAIN.

Elle ne lui coûte pas cher, allez; vous savez sa robe gros-bleu...

Mme OUDIN.

Oui, qui lui engonçait les épaules.

JULIE MONDAIN.

Eh bien, il y avait deux ans qu'elle l'avait. Je n'en aurais pas voulu pour faire un jupon. Pas du tout, madame économe l'a donnée au teinturier qui demeure près de chez moi; c'est lui qui m'a dit : — Je ne sais pas comment qu'une vieillerie comme ça résistera à la teinte, je vas lui rendre des loques, c'est sûr... Enfin il l'a teinte, c'était mince comme toile d'araignée. Madame économe y met des pièces, des morceaux, y fait des reprises, tout le diable et son train. Elle la double avec sa robe lilas à petites fleurs.

Mme OUDIN.

La petite maigre de robe qu'elle avait c't'été?

JULIE MONDAIN.

Vous y êtes. Qu'avait coûté 9 sous l'aune ; et la voilà qui fait ses grands bras dans les rues avec.

Mme OUDIN.

C'est tout comme son chapeau.

JULIE MONDAIN.

Oh ! dites-moi, je ne sais pas l'histoire du chapeau?

Mme OUDIN.

Je la tiens de ces demoiselles Placet qui travaillent pour elle. — Elle achète une forme de chapeau, du taffetas noir, en marchandant comme un Juif. Elle m'avait emprunté une ceinture jaune. Jugez si j'y tenais, c'était ma ceinture de noce, M. Oudin l'aimait beaucoup. Je ne vois plus revenir ma ceinture jaune, et M. Oudin me disait tous les jours : — Pourquoi ne mets-tu plus ta ceinture jaune? Il est de fait qu'elle m'avantageait la taille. Je m'en vais chez Mme Précharmant : vous pensez si un tel procédé devait me rendre la figure aimable. Ah ! mon Dieu, me dit-elle, je parie que vous venez pour votre ceinture. — Elle me dit.... devinez un peu ce qu'elle me dit ?

JULIE MONDAIN

Il faut s'attendre à tout de la part de ces gens-là.

Mme OUDIN.

Elle me dit : J'en suis aux cent coups, je ne la trouve plus.

JULIE MONDAIN.

O ! mon doux Seigneur !

Mme OUDIN.

Je lui dis, mais comment cela se fait-il ! je vous prête une ceinture, on ne perd pas une ceinture. Elle me dit : — Je la chercherai, bien sûr elle n'est pas perdue ; peut-être que ma petite a fait des *foufes* avec ; mais je lui donnerais le fouet, si cela était. Je lui dis, si votre petite a fait des *foufes*, quand même vous lui donneriez le fouet, ça ne me rendrait pas ma ceinture.

JULIE MONDAIN.

Vous avez parfaitement raison.

Mme OUDIN.

Qu'est-ce que je vois plus tard à son chapeau, mes rubans... non... ma ceinture jaune, elle en avait fait des rubans. Est-ce là un procédé assez inconsidéré?

JULIE MONDAIN.

Oh! mais moi, je n'aurais pas laissé passer cela, je l'aurais attaquée devant le *juré*.

SCÈNE IVe.

M. PRÉTEND, JULIE MONDAIN, Mme OUDIN.

Mme OUDIN.

Bonjour, monsieur Prétend, vous devenez rare comme les beaux jours.

M. PRÉTEND.

Madame et mademoiselle, j'ai bien l'honneur de vous présenter mes hommages. Et la santé, madame Oudin?

Mme OUDIN.

Je vous remercie, Monsieur, et la vôtre...

M. PRÉTEND.

J'ai toujours mes tiraillements d'estomac.

Mme OUDIN.

Par ces temps-ci, ce n'est pas étonnant; approchez donc du feu, je vous prie.

M. PRETEND.

Et qu'est-ce que vous me direz de neuf, madame Oudin?

Mme OUDIN.

C'est plutôt à vous qu'il faudrait le demander. Je ne sors pas de chez moi, je suis tout entière à mon ménage.

M. PRÉTEND.

On dit dans la ville que Mme Précharmant pourrait bien remplacer au bureau de charité cette pauvre madame Joret-la-jeune.

JULIE MONDAIN et Mme OUDIN.

Mme Précharmant ! impossible.

M PRÉTEND.

Ce n'est qu'un bruit...

Mme OUDIN.

Oh! pas possible, après ce qu'elle nous disait encore ce matin. Moi, je sais bien que je n'accepterais pas une pareille place. Si c'est un honneur, c'est un maigre honneur. Et puis il faut avoir une autre réputation que Mme Précharmant pour être nommée dame de charité. Si vous saviez ce que je sais sur son compte. Tenez, j'en parlais à mademoiselle Julie comme vous entriez.

M. PRÉTEND.

Vraiment. Serait-il indiscret de vous en demander la narration?

Mme OUDIN.

Ce serait trop long, et puis ça m'agace rien que d'y penser.

M. PRÉTEND *mystérieusement.*

N'est-ce pas des intrigues?

Mme OUDIN.

Il ne manquerait plus que cela.

M. PRETEND.

Écoutez, je suis payé pour le savoir ; je n'affirme rien, je dis seulement ce que j'ai vu. Il y a une huitaine, passant le soir près de sa maison, sur le derrière, je vois un homme, jeune encore, autant que j'en ai pu juger par l'obscurité, qui s'appuyait contre le mur des remparts. Cela me met la puce à l'oreille.

JULIE MONDAIN

Je vois l'affaire.

M. PRETEND.

Patience ! Vous n'y êtes pas. Cet homme, surpris et voulant cacher son jeu, s'approche du mur et feint de... pardon, Mesdames, mais il faut tout dire, il feint de satisfaire à un besoin naturel.

Mme OUDIN, *impatiente.*

Et...

M. PRETEND.

Je continue ma route, c'est-à-dire je fais semblant ; il y avait de l'ombre projetée par un angle de muraille, lui, le jeune homme, etait éclairé par la lune...

JULIE MONDAIN.

Et...

M. PRETEND

Attendez, voici le beau de l'affaire; le jeune aventurier se met à siffler un air...

Mme OUDIN

Plus de doute, c'était le signal.

M. PRETEND.

Ce devait être le signal. Je retiens ma respiration pour mieux entendre si on lui répondrait, je me blottis dans mon angle sans remuer, enfin, j'entends....

Mme OUDIN.

Ah!

JULIE MONDAIN.

Vous avez entendu!

M. PRÉTEND.

J'entends des pás qui se dirigent de mon côté : c'était le jeune homme. Je prends mes jambes à mon cou; je volais, Madame, et j'arrive tout tremblant chez moi, tout en sueur; ça m'a valu un rhume énorme. Mais c'est égal, je suis fixé sur Mme Précharmant...

JULIE MONDAIN.

Pardi, c'est assez clair.

Mme OUDIN.

Si c'est clair, je crois bien. Vous n'avez pas entendu, mais c'est la même chose. Il est présumable qu'elle n'aura pas pu venir au rendez-vous. Quel jour était-ce?

M. PRETEND.

Vendredi dernier.

JULIE MONDAIN.

Vendredi, elle a dû dîner avec son mari chez M. Sénégra. Il paraît qu'il avait acheté ce jour-là un brochet au marché, et M. Sénégra n'est pas homme à acheter un brochet pour lui seul.

Mme OUDIN.

Notez qu'il n'y a qu'eux qui savent trouver le moyen de vivre avec M. Sénégra; aussi ils ne se font pas faute d'aller manger chez lui.

M. PRÉTEND.

Surtout, madame, n'en dites rien à personne, je vous le dis à vous...

Mme OUDIN.

Oh! soyez sans crainte de ce côté-là. Mais comment voulez-vous, maintenant, qu'une femme comme ça, violente, gourmande, de mauvaises mœurs, soit dame de charité?

M. PRÉTEND.

Ça regarde le conseil municipal. Elle va intriguer chez l'un, chez l'autre; le maire est de ses amis, et quand je dis amis, je m'entends.

JULIE MONDAIN.

Il y a longtemps de cela, c'était aux alliés.

Mme OUDIN.

Je me suis laissé dire qu'elle aimait beaucoup les officiers prussiens.

JULIE MONDAIN.

L'indigne! des sauvages!

M. PRÉTEND.

Mesdames, je suis désolé d'être obligé de

terminer une conversation aussi attrayante, mais on m'attend dans une maison.

Mme OUDIN.

Quoi, si tôt. Vous reviendrez au moins un de ces quatre matins.

M. PRETEND

On ne peut me reprocher que cela, c'est d'être toujours pendu après les gens.

Mme OUDIN.

Sans adieu donc, M. Prétend. (*Il sort.*)

JULIE MONDAIN.

Je profiterai de l'occasion pour vous tirer ma révérence.

Mme OUDIN.

Vous aussi, c'est donc un parti pris?

JULIE MONDAIN.

Non pas, mais vous savez, Madame Oudin, que chacun a ses petites affaires.

Mme OUDIN.

Adieu, Mademoiselle Julie. (*Elle sort.*)

SCÈNE V.

Mme OUDIN, PUIS M. OUDIN.

Mme OUDIN, *seule.*

Voilà des nouvelles! j'irai demain chez ces demoiselles Placet. Vont-elles être contentes. Elles en sauront, et... (*M. Oudin entre*). Ah! te voilà déjà, Monsieur Oudin?

M. OUDIN

Comment déjà, mais je sors du bureau à l'heure. La table n'est pas mise?

Mme OUDIN

Tu le vois bien. Je suis en retard, il est venu beaucoup de monde cette après-midi.

M. OUDIN.

Qui ça?

Mme OUDIN.

Mme Précharmant d'abord, Mlle Julie et M. Prétend.

M OUDIN.

Je t'ai déjà dit mille et mille fois que je ne voulais pas de Mlle Julie chez moi, encore moins de M. Pretend, un petit animal, sot, bavard et compromettant. Quant à Mme Précharmant, ça m'est égal.

Mme OUDIN.

Vois comme tu es! Mme Précharmant est en ce moment la dérision de toute la ville.

M. OUDIN.

Parce qu'elle vaut mieux que toutes ces bavardes de Julie Mondain et autres. Ah! ça, mets la table, en attendant j'ai une faim de cheval.

Mme OUDIN.

Tu attendras un peu, si tu veux bien. Rien n'est cuit.

M. OUDIN.

Comment, rien n'est cuit?

Mme OUDIN.

Je croyais qu'il n'était que trois heures.

M. OUDIN.

Je me moque bien de tes croyances; j'ai faim.

Mme OUDIN.

Ne dirait-on pas qu'il n'a pas mangé de huit jours!

M. OUDIN.

Allons, veux-tu mettre la table. Ton pot-au-feu est cuit, au moins?

Mme OUDIN.

S'il était cuit!

M. OUDIN, *s'exaspérant.*

Comment le pot-au-feu n'est pas cuit, qu'est-ce qu'il y a alors?

Mme OUDIN.

Il y a... il y a...

M. OUDIN.

Eh bien?

Mme OUDIN.

Il y a...

M. OUDIN.

Je m'en vais moi-même à la cuisine, puisque tu ne veux pas le dire. (*Il sort.*)

Mme OUDIN, *seule.*

Ah! mon Dieu! je suis perdue!

M. OUDIN, *rentrant en fureur.*

Le fourneau n'est pas allumé. Voudrais-tu m'en dire la raison?...

Mme OUDIN.

C'est Julie Mondain et M. Prétend...

M. OUDIN.

Encore. Va-t'-en au diable avec ces gens-là. Me donnent-ils à dîner?

Mme OUDIN.

A-t-on idée d'un homme aussi brutal?

M. OUDIN.

Tu as dit brutal, je crois Tiens. (*Il lui donne un soufflet.*)

Mme OUDIN, *pleurant.*

Lâche, tu bats une femme.

M. OUDIN.

Il me semble que tu m'as appelé lâche. (*Il lui donne un autre soufflet.*)

Mme OUDIN.

Despote! Sans cœur! Grossier personnage! Jésuite!

M. OUDIN.

Ah! despote! (3e *soufflet*); sans cœur! (4e *soufflet*); grossier personnage! (5e *soufflet*); jésuite! (*pluie de soufflets*). Ah! tu passeras ton temps à bavarder, tu ne me feras pas à diner et tu viendras m'insulter.

Mme OUDIN, *sanglottant.*

Je le savais bien, en t'épousant que tu ferais mon malheur.

M. OUDIN.

C'est plutôt toi qui fais mon malheur en ne faisant pas ma soupe.

Mme OUDIN, *toujours en larmes.*

Je vais la faire votre soupe. C'est le pot-au-feu d'hier, il n'y a qu'à le faire réchauffer. Mais vous verrez....

M. OUDIN.

Encore des menaces. Allons, vas à ta cuisine, Félicité. Avant, viens faire la paix. Qu'est-ce que je demande, moi? Que mon dîner soit prêt à l'heure. Au lieu de cela, tu te croises les bras, tu vas et viens chez ta voisine; tu ne me raccommodes pas mes pantalons. Est-ce là une position sociale ? Non. Moi, je me fâche, tu sais combien je suis violent. (*Mne Oudin fond en sanglots.*) Allons, Tété, venez dire bonjour à votre petit mari, dites-lui que vous n'êtes pas fâchée.

Mme OUDIN

Mais vous savez bien....

M. OUDIN *l'embrasse.*

Nous ne sommes plus fâchés? Vas vite faire chauffer ma soupe. (*Mme Oudin s'en va*).

SCÈNE VI.

M. OUDIN, *seul.*

Ah! les femmes! les femmes! il n'y a que ce moyen de les rendre souples. (*Criant.*) Ça chauffe-t-il, Zizi?

Mme OUDIN, *en dehors.*

Je l'apporte.

TABLE.

www.ingramcontent.com/pod-product-compliance
Ingram Content Group UK Ltd.
Pitfield, Milton Keynes, MK11 3LW, UK
UKHW021106290826
14628UKWH00014B/778

9 782019 692506